노파람이 아르바이트를 그만둔 날

노파람이 아르바이트를 그만둔 날

© 2022 허진희

초판인쇄 2022년 12월 5일 | 초판발행 2022년 12월 14일
글쓴이 허진희 | 책임편집 곽수빈 | 편집 강지영 이복희 | 디자인 장혜미
마케팅 정민호 이숙재 박치우 한민아 이민경 안남영 왕지경 김수현 정경주
브랜딩 함유지 함근아 김희숙 고보미 박민재 박진희 정승민 | 제작 강신은 김동욱 임현식 | 제작처 영신사
펴낸곳 (주)문학동네 | 펴낸이 김소영 | 출판등록 1993년 10월 22일 제2003-000045호
주소 10881 경기도 파주시 회동길 210 | 전자우편 kids@munhak.com
홈페이지 www.munhak.com | 카페 cafe.naver.com/mhdn
북클럽 bookclubmunhak.com | 트위터 @kidsmunhak | 인스타그램 @kidsmunhak
대표전화 (031)955-8888 팩스 (031)955-8855
문의전화 (031)955-3578(마케팅) (02)3144-3242(편집)
ISBN 978-89-546-9948-8   03810

노파람이
아르바이트를
그만둔 날

허진희 장편소설

문학동네

망해 버려야 한다, 이런 식당은.

탠저린은 새하얀 식탁보 위에 놓인 유리컵을 들며 찬찬히 주변을 둘러보았다. 점잔을 빼고 앉아 있는 손님들. 겨우내 지겹도록 봐 온 그들은 오직 소수의 선택받은 사람만이 초대되는 이곳에서도 단골 중의 단골들이었다.

헤븐.

세상의 눈을 피해 은밀하고 비밀스럽게 운영되는 식당. 탠저린은 박하 향이 은은히 풍기는 물을 입에 머금고 기대감이 서려 있는 손님들의 표정을 하나하나 눈에 담았다. 이제 곧 음악이 멈추면 음식이 나올 것이다. 벨 소리가 울리면 침을 흘리는 파블로프의 개처럼 손님들은 이곳의 방식에 이미 길들여져 있었다.

의자 끄는 소리, 헛기침 소리, 냅킨을 만지작거리는 소리……. 음악이 꺼지자 원래 있던 소리들이 더욱 선명하게 들렸다. 탠저린은 못마땅한 얼굴로 기다렸다. 그 모든 소리들을 묻어 버릴, 반갑지 않은 소리를. 또각또각. 마침내 들려온 사장의 구두 굽 소리에 손님들은 시선을 돌렸다.

공미호는 한눈에 시선을 사로잡는 특이한 매력이 있는 사람이었다. 늘 갖춰 입는 화려한 원피스와 공들인 메이크업도 눈길을 끌긴 했지만 그것이 공미호가 가진 매력의 전부는 아니었다. 속을 알 수 없는 사람…… 탠저린은 쓴 물을 삼키듯 입 안의 물을 삼켰다. 그게 매력의 핵심이겠지. **궁금증을 자아내는 것.** 게다가 여유로운 미소를 띠고 시원시원하게 걸어 나온 저 몸집 좋은 헤븐의 사장은 서로 상반되면서도 상호 보완적인, 두 가지 매력을 다 가지고 있었다. 그것은 바로 비밀스러움과 자신감이었다.

"오늘은 특별한 날이라, 헤븐의 가장 귀한 손님들만 모셨죠."

손님들은 미소를 지으며 고개를 끄덕였다. 서로 귀한 손님임을 인정한다는 듯이 목례를 나누기도 했다. 도대체 헤븐의 손님이 된다는 것이 뭐 그렇게 대단한 일이라고 유난을 떠는지 탠저린은 이해할 수 없었다. 하지만 헤븐을 드나드는 동안 배운 것 중에 하나는, 사람들의 욕망엔 복잡하고 다양한 사정이 녹아 있다는 점이었다.

냅킨을 무릎 위에 펼치며 탠저린은 눈앞에 벌어진 욕망의 판을 뒤집어 버리는 상상을 했다. 언제 해도 짜릿한 상상이었지만 오늘은 자극의 강도가 좀 달랐다. **이제 진짜 그 일이 일어날 거니까.**

"오늘 같은 날, 빠질 수 없는 쇼가 있죠?"

공미호가 주방 쪽으로 몸을 돌리며 말했다. 드디어 시작이라는 생각에 탠저린은 입이 바짝 말랐다. 하지만 곧 바퀴 달린 삼단 트롤리를 앞세우고 까마말쑥한 파람이 모습을 드러내자 탠저린의 얼굴엔 저도 모르게 다정한 미소가 어렸다.

"그럼 시작해 볼까요?"

어디, 마음껏 해 보시지. 무릎 위 냅킨을 잡은 손에 힘이 들어갔다. 탠저린은 준비가 되어 있었다.

이윽고 공미호는 파람이 끌고 온 트롤리 상단에 놓인 반구형 은빛 덮개를 들어 올렸다. 하얀 접시 위 검붉은 날고기. 탠저린은 인상을 찌푸렸다. 하지만 그것은 각계 인사들이 큰돈을 내고 은밀히 헤븐을 방문하는 중요한 이유였다. 이 대단하고도 멍청한 손님들은 그것이 그만한 가치가 있는지, 그러니까 그것이 **진짜 그것인지** 눈으로 확인하길 즐겼다.

나이프와 포크를 양손에 쥔 공미호가 천천히 고기를 잘랐다. 잘깃하니 썰린 고기의 단면에 허연 그물망이 성기게 그려져 있었다. 공미호는 한 입 크기의 살점을 포크로 찍고는 고개를 돌렸다. 그리고 좌중을 향한 말이 아니라는 듯 나지막한 목소리로 말했다.

"내 쇼의 주인공."

내내 옆에 서 있던 파람이 말없이 공미호를 쳐다보았다. 작고 다부진 얼굴. 탠저린은 그 얼굴을 좋아했다. 그 얼굴이 이따금씩 천연한 감정을 내보이는 순간을, 지난한 상황을 견디거나 견디지 않을 때 드러내는 표정을 좋아했다.

탠저린은 파람의 마르고 단단한 손이 포크를 받아 쥐는 모습을 지켜보았다. 마음 같아선 계획 따위 상관 않고 당장이라도 쇼를 끝내 버리고 싶었다. **이 말도 안 되는 쇼의 주인공, 노파람은 이제 탠저린의 친구였으니까.**

하지만 그것이 이 식당이 망해야 하는 이유의 전부는 아니었다.

멀어질 기회

엄마 말대로 해서 좋은 적이 별로 없다는 걸 알면서도 보통은 그렇게 하게 된다. 파람은 이번에도 또 그렇게 했다.

∞

겨울방학을 일주일 앞둔 어느 날, 엄마는 전화를 한 통 받았다. 잠옷 차림의 엄마가 좁은 거실 바닥에 누워 뒹굴거리며 TV를 보는 건 흔한 아침 풍경이었지만 난데없이 걸려 온 전화를 받을까 말까 망설이는 모습은 평소와 좀 달랐다. 빚 독촉 전화라면 한번 흘겨보고는 무시해 버렸을 텐데. 엄마는 꽤 고민하는 얼굴로 한참 망설이다 통화 버튼을 누르며 조심스러운 목소리로 인사했다. 언니! 오랜만이야!

파람은 막 반찬거리 걱정을 하며 냉장고 문을 열던 참이었다. 냉장실에는 엄마가 쇼핑몰 배송마감 떨이 때 주문한 배양육 한 덩이가 덩그러니 놓여 있었다. 아 진짜, 이 브랜드는 사지 말라니까. 맛이 없어도 너무 없는 싸구려 배양육. 조금만 더 비교하고 조금만 더 따져 보면 비슷한 가격으로 훨씬 괜찮은 고기를 살 수 있는데! 파람은 엄마를 쩨려보다 이내 한숨을 내쉬었다.

엄마는 장 볼 때 무조건 제일 싼 것들로 장바구니를 채운다. 실험실에서 만든 고기 맛이 다 거기서 거기지, 별거 있냐는 게 엄마의 주장이었다. 물론 그건 핑계였다. 값싼 재료밖에 살 수 없는 사람의 핑계. 파람도 엄마의 지갑 사정을 모르지 않았다. 너무 잘 알아서 탈이었다. 하지만 파람이 생각하기에 엄마의 문제는 돈에 있지 않았다. 돈이 많으면 많은 대로 무조건 가장 비싼 걸로 장바구니를 채울 사람이라는 게 문제였다.

"우리 파람이? 열일곱 살이지. 응, 응."

이건 끓여도 맛이 없고, 볶아도 맛이 없고, 심지어 튀겨도 맛이 없던데……. 여전히 속으로 구시렁거리면서도 파람의 한쪽 귀는 엄마 쪽으로 활짝 열려 있었다.

"알지. 언니가 예전에 신경 써 준 것도 있고. 그럼, 그럼. 어휴, 난 연락도 못 하고 사는데 이거 참…… 뭐라고 해야 할지."

반말인데도 이상하게 공손하게 들리는 말투였다. 길지도 짧지도 않은 통화가 끝날 때까지 엄마는 콧잔등을 찡그리거나 손바닥으로 허벅지를 문질러 댔다.

"누구 전화야?"

전화를 끊고도 말없이 휴대폰만 만지작거리는 엄마를 향해 파람이 물었다.

"어, 그…… 가만있자. 엄마의 큰할아버지의 아들의 딸이니까, 파람 네 외증조할아버지의 큰형의 아들의 딸, 그니까 너한텐 칠촌인데……."

파람은 엄마의 대답을 듣자마자 바로 흥미를 잃어버렸다. 친척이라니. 어차피 왕래도 안 하는 사이잖아. 물론 다 엄마 때문이지만. 원래는 엄마를 딱하게 여기는 친척들이 많았다. 조실부모하고 어렵게 살다가 이제 가정 꾸리고 잘 사나 했다고, 아이가 태어나기도 전에 남편마저 일찍 떠나보낼 줄 누가 알았겠냐며 안타까워했었는데. 엄마가 사정이 안 좋을 때마다 여기저기 손을 벌리고 제대로 갚지 못한 탓에 마지막까지 인심을 베풀던 친척들마저 멀어진 지 오래였다. 그러니 파람에게 친척이란 길 가다 마주쳐도 못 알아볼 정도로 생판 남이나 다름없는 사람들이었다.

"어릴 때 몇 번 봤는데, 기억 안 나? 왜, 미국 가서 공부도 하고 돈도 많이 번 이모 있잖아."

엘에이 이모. 그만하면 성공한 거라고, 아무 뒷바라지 없이 혈혈단신 미국에 건너가 자리 잡았던 양반이라고 언젠가 엄마가 말했던 게 기억났다. 하지만 부러 시치미를 떼고 퉁명스럽게 대답했다.

"모르겠는데."

파람은 엄마와 거리를 두려고 노력하는 중이었다. 엄마를 싫어하거나 미워해서가 아니었다. 그저 너무 멀리도 아니고 너무 가까이도 아닌, 딱 적당한 거리를 찾고 싶었다. 하지만 방법을 잘 몰랐다.

"근데 그 이모가 엄마를 신경 써 줬다는 건 무슨 말이야?"

파람은 무뚝뚝한 목소리를 유지한 채로 신경에 거슬리던 통화 내용을 슬쩍 물어보았다.

"아니, 뭐…… 너 귀엽다고 용돈도 주고 그랬으니까."

"그래 봤자 엄마가 뺏어 갔겠지."

"개뿔, 내가 그냥 뺏었나? 그거 다 모아서 나중에 너 주려고 그랬지. 근데 있잖아, 그 통장만큼은 내가 손대지 않으려고 했는데……."

되록되록 눈을 굴리는 엄마를 보며 파람이 따지듯 물었다.

"뭐야, 설마 다 썼어? 하나도 없어?"

"아니, 뭐 조금은 있지."

전혀 신뢰할 수 없는 말투였다. 파람은 샛눈으로 엄마를 흘겨보았다.

"걱정 마. 엄마가 다시 채워 넣을 수 있어."

문득 작년에 허리를 다쳐 끙끙대던 엄마의 모습이 떠올랐다.

평소 운동이라고는 안 하던 사람이 갑자기 도배를 배우겠다고 무리를 하다가 탈이 났던 것이다. 식당 일도 힘들어서 못 한 지 한참 됐으면서……. 요즘 들어 가끔씩 아는 동생의 상가 일을 돕는 아르바이트를 하고 있지만 그것만으로는 생활비 충당이 어려운지라 엄마는 여전히 호시탐탐 다른 일자리를 찾아 헤매고 있었다.

"근데 엘에이 이모 말이야. 괜찮은 아르바이트가 있다고 하네."

"아르바이트?"

"응. 괜찮은 자리라서 아무나 주기 아깝다고."

"좋네. 그럼 해야지."

"정말? 해 볼래?"

"뭐? 나?"

당연히 엄마 일자리 얘기인 줄 알았는데. 파람의 놀란 목소리에 엄마가 조심스레 고개를 끄덕였다.

"너 겨울방학 동안 할 수 있겠냐고……."

"어떤 일인데?"

"음. 딱 우리 딸이 좋아할 만한 일?"

"설마, 숙식 제공이야?"

엄마는 반색하며 묻는 파람을 잠시 물끄러미 보더니 괜스레 팔뚝을 긁으며 중얼거렸다.

"쯧, 집 떠나면 고생인 줄도 모르고."

고등학교만 졸업하면 독립할 거라는 말을 입에 달고 살았기에 엄마도 파람이 얼마나 집을 떠나고 싶어 하는지 잘 알고 있었다. 파람은 엄마의 처진 눈꼬리에 어린 서운한 감정을 애써 못 본 체했다.

"그래. 숙식 제공이래. 언니 말로는 경험도 쌓고, 인맥도 쌓고, 잘만 하면 벌이도 꽤 좋을 거라고……."

"그 이모를 믿어?"

"그러엄. 돌아가신 당숙모가 엄마를 얼마나 예뻐하셨는데."

"그게 이거랑 무슨 상관이야?"

"상관없나?"

히죽 웃는 엄마를 보니 어쩐지 엄마의 수에 넘어간 듯한 기분이 들었다. 파람은 애매한 표정으로 엄마를 쳐다보았다. 주름진 눈가에 그득했던 애틋함은 어느새 다 사라지고 없었다. 뭐야. 좀 신나 보이는 거 같은데? 맨날 나밖에 없다고 하더니, 막상 혼자만의 시간 보낼 생각 하니까 좋은가 보지? 살살, 미안한 마음이 덜해진 자리에 섭섭한 마음이 파고들어 왔다.

"아무튼, 언니가 나한테 사기 칠 리는 없지. 자기 칠촌 조카한테는 물론이고."

엄마가 참 속 편한 말투로 으스댔다. 칠촌 조카라……. 파람

은 그제야 머릿속으로 가계도를 그려 보았다. 나중에 안 사실이
지만 칠촌 조카라는 말은 엄마한테나 의미 있는 것이었다. 이제
곧 파람이 발 디딜 세상에서 그런 건 전혀 중요하지 않았으니까.

∞

깐깐한 인상. 엘에이 이모의 첫인상은 그랬다. 첫인상으로 사람
을 판단하고 싶진 않지만 타인을 처음 만날 땐 대체로 방어적인
편이 좋다. 열일곱 살에게 함부로 하는 어른은 어디에나 있으니
까. 게다가 엄마를 거쳐 알게 된 사람이라면 더욱 조심할 필요가
있었다. 흐리멍덩하게 굴다가는 엄마처럼 얕잡혀 보이기 십상이
지. 파람은 정신을 바짝 차리고 상대를 살펴보았다.

이모는 엄마보다 아홉 살 위라고 했으니 이제 오십 대 중반일
텐데도 몸에 나잇살이라고는 찾아볼 수가 없었다. 딱히 멋 부리
지 않은 듯한데도 깔끔하고 세련된 느낌의 옷차림. 하얗게 센 머
리카락만 아니었어도 훨씬 젊어 보였을 것이다.

"언니……. 언니는 더 멋있어졌어……요."

엄마는 한참 웃어른을 뵙는 것처럼 쩔쩔맸다. 아주 오랜만의
재회임에도 엘에이 이모는 그런 엄마의 태도가 익숙한 듯이 굴면
서 반가운 미소의 정석처럼 보이는 표정을 잃지 않았다.

이상하다, 분명 웃고 있는데 왜 이렇게 거리감이 느껴지지. 묘

하게 차가워 보이는 눈빛이 파람의 얼굴에 와 닿았다. 파람은 애꿎은 짐 가방 손잡이만 만지작거리며 이모의 시선을 피해 눈을 돌렸다. 이모가 끌고 온 외제 차가 뒤편에서 고급스러운 검은 광을 발하며 존재감을 드러내고 있었다. 지은 지 삼십 년이 다 되어 가는 변두리 아파트의 협소한 주차장에는 어울리지 않는 차였다. 이제 곧 저 차를 타고 이곳을 떠나겠지……. 아니, 잠깐, 이대로 정말 떠나는 건가? 두 달씩이나 나 혼자?

"가서 잘하고, 전화하고."

설렘과 두려움이 뒤섞인 상태로 혼란스러워지려는 찰나, 가방을 차에 실어 주며 말하는 엄마를 본 파람은 잠시 멈칫했다. 차에 타기 전에 포옹이라도 한번 해야 하나 망설여졌다.

"잘할 수 있지? 에이, 잘하지 그럼."

파람이 아무 말도 하지 않자 엄마가 재차 당부인지 혼잣말인지 애매한 작별 인사를 건넸다. 파람은 시선을 내리깔고 입속말로 뻗댔다.

"엄마나 잘해."

혹시라도 어디 아프거나 너무 외롭거나 하면 연락해. 아이고 파람아 이제 그만 돌아와라, 하소연하면 별수 있나 뭐. 돌아와야지. 그러니까 혼자 참지 말고 연락해.

하지만 그런 말들은 입 속에서만 가만히 떠돌았다. 엄마는 파람의 마음을 아는지 모르는지 해맑은 얼굴로 대답했다.

"엄마야 이제부터 완전 자유지."

흥, 역시 포옹은 생략해도 되겠네. 나도 자유, 완전 자유다. 그래, 이런 기회가 제 발로 찾아오는 일이 어디 흔하겠어? 그렇게 생각하자 살짝 들떴다. 설렘이 두려움을 이긴 듯했다. 엄마는 엄마의 자리에서, 파람은 파람의 자리에서 각자 자유로워지면 모든 게 가뿐해질 것만 같았다.

파람은 어깨를 으쓱해 보이고 차에 올랐다. 그러자 기다렸다는 듯이 명쾌한 몸짓으로 이모도 운전석에 올랐다.

이윽고 천천히 차가 움직였다. 엄마가 팔랑팔랑 손을 흔들었다. 속없어 보이게 환히 웃으면서. 파람은 창문을 내리고 엄마를 향해 손을 흔들어 주었다.

"란이는 여전하네요."

엄마의 모습이 점점 작아지고 마침내 소실점이 되어 버린 즈음에야 이모가 입을 열었다. 이모의 입에서 나온 엄마의 이름이 왠지 서먹하게 느껴졌다. 여전하다는 말의 속뜻도 아리송했다. 이모의 정확한 발음과 또랑또랑한 목소리는 외려 진의를 파악하는 데 방해가 되었다.

"말씀 놓으세요, 이모."

"아니, 난 존댓말이 편해서. 게다가 같이 일하게 될 사이라면

서로 존대해야죠."

뜻밖의 대답에 놀란 파람은 잠시 망설이다가 가장 궁금한 점을 먼저 물어보기로 마음먹었다.

"근데…… 거기에 가면 전 무슨 일을 하나요?"

엄마는 거기가 정확히 어디인지도 모를 뿐 아니라 파람이 하게 될 일이 뭔지도 제대로 알지 못한 채 일을 약속했다. 매사 미더운 면이 하나도 없지. 그치만 대뜸 짐을 싸 들고 집을 나선 나도 뭐……. 닮고 싶지 않아도 닮게 되는 어떤 부분들은 파람과 엄마의 사이를 더욱 멀어지게 만들기도 하고 더는 멀어지지 못하도록 힘을 쓰기도 하면서 끈덕지게 존재감을 자랑했다.

이모는 파람을 힐끗 쳐다보고는 운전석 옆 콘솔박스를 열어 명함을 한 장 꺼냈다.

"어렵진 않을 거예요."

파람은 건네받은 명함을 찬찬히 살펴보았다. 모고진 실장. 전화번호. 이메일 주소. 그리고 오른쪽 아래 귀퉁이에 'Heaven'이라고 적혀 있었다.

"헤븐?"

"우리가 일할 곳. 대학 등록금 정도는 거뜬히 벌 수 있을 거예요. 잘하면 그보다 많이 받을 수도 있고."

"두 달 동안에요?"

"일단은 그 정도로 보고, 그다음은 상황을 봐야지요."

과연 엄마 귀가 번쩍할 만한 소리였다. 텅텅 비어 버린 내 통장이 엄마에게 마음의 짐 같은 거라면, 이번 기회는 엄마의 짐을 나한테 넘길 수 있는 절호의 찬스였겠지. 파람은 순간 자신의 마음속에 인 감정이 착잡함인지 쓸쓸함인지 정확히 알지 못했다.

"여긴 뭐 하는 데예요?"

"아직 오픈은 안 했어요. 정확히 뭘 어떻게 할지는 사장님 마음이고요."

아직 열지도 않았는데 숙식 제공까지 하면서 아르바이트를 구한다고? 그것도 나처럼 할 줄 아는 것도 별로 없는 열일곱 살짜리를? 의아함에 입술만 달싹이는 파람에게 이모가 싱긋 웃으며 말했다.

"궁금한 걸 못 참는 성격은 아니었으면 좋겠는데."

파람은 이모의 말뜻을 단박에 알아차리고 더 이상의 질문을 삼켰다.

"그리고 하나 더."

이모가 파람의 손에 들린 명함에 눈짓을 보내며 말을 이었다.

"이제부터는 거기 있는 호칭으로 부르는 게 어떨까요? 나도 파람 학생이라고 부를게요."

웃으면서도 단호하게 말할 수 있는 사람. 엄마가 왜 이모를 어려워하는지 알 것 같았다.

한 시간 남짓 국도를 달려 끝없이 펼쳐진 강이 보일 때쯤 이제 다 왔다며 이모가, 아니 모 실장이 핸들을 꺾었다. 차가 좁은 비포장도로에 들어서자 누렇게 시들어 뭉쳐 있거나 고꾸라져 버린 풀숲 사이로 한참 방치된 듯한 철제 고물들이 군데군데 보였다. 이런 곳에 뭐가 있기는 할까 의구심을 품은 채로 파람은 전방을 살폈다.

이윽고 외진 강변 저편에 회흑색 건조물이 모습을 드러냈다.

약점을 삽니다

"원래 개인 미술관이었던 건물이에요. 전시도 하고, 예술인들에게 숙소로 빌려주기도 하고, 카페도 운영하던……."

외벽 자재 때문인지 얼핏 아담한 성처럼 보이기도 하고, 위로 갈수록 좁아지는 형태 때문에 사단 케이크처럼 보이기도 하는 독특한 건물. 겉으로 봐서는 뭘 하는 곳인지 짐작하기 어려웠다.

건조한 목소리로 설명하던 모 실장은 건물 앞 넓게 펼쳐진 마당에 차를 대며 중얼거렸다.

"사장님은 아직 안 오셨나 보네."

주차되어 있는 차가 한 대도 없는 걸 보고 말하는 듯했다. 파람은 모 실장을 따라 차에서 내려 부랴부랴 가방을 꺼내 들며 주변을 두리번거렸다. 썰렁한 강바람만 휘휘 도는 마당엔 오래되어 보이는 벤치 외에 아무것도 없었다. 벤치 옆으로 난 돌계단 아래로 강을 따라 걷는 산책로가 보였지만 한겨울 살얼음 깔린 강변 길을 거니는 사람이 많을 것 같지는 않았다.

"먼저 들어가서 짐을 풀까요."

파람은 건물로 향하는 모 실장의 뒤를 쫓았다. 널찍한 계단이 건물 입구를 향해 놓여 있었다. 앞서 계단을 오른 모 실장이 딱딱 번호 키를 눌렀다. 어쩐지 긴장되는 순간이었다. 주변 분위기는 다소 삭막했지만 시선을 잡아끄는 건물의 겉모양 때문에 안쪽도 뭔가 남다른 게 있으리라 기대하게 되었다. 문이 열리면 다른 세계가 펼쳐질 것만 같은 느낌…….

"여긴 로비. 2층은 영업장이고, 3층은 사무실. 숙소는 4층이에요."

파람은 선뜻 발을 떼지 못하고 우물쭈물 안을 살폈다. 텅 빈 채 어둠을 품고 있는 로비는 을씨년스러운 분위기가 느껴질 정도였다. 이거 사기당한 거 아니야? 설마 나 납치당한 건가. 파람은 엘리베이터로 향하는 모 실장의 뒤에 대고 대뜸 질문을 던졌다.

"실장님도…… 여기서 지내세요?"

아차, 질문을 삼키라고 했는데. 하지만 물어봐야만 했다. 설마 이런 휑뎅그렁한 건물에서 저 혼자 지내는 건 아니죠? 그런데 사람의 얼굴은 참 묘하지. 이상하게도 그 순간 모 실장의 표정을 보니 질문을 참지 않길 잘했다는 생각이 들었다. 뭐라 설명할 수 없지만 어쩐지 부드러운 속내를 언뜻 내비친 것 같은 그 표정에 파람은 긴장이 조금 풀렸다. 생각만큼 날카롭고 단호한 사람은 아닐지도 몰라.

"걱정 말아요. 방은 따로니까."

질문의 의도를 잘못 이해한 모 실장이 피식 웃으며 대답했다. 모 실장은 엘리베이터에 올라 4층 버튼을 누르며 말을 이었다.

"인테리어에 크게 손댄 곳은 없어요. 취향이 어떨진 모르겠지만 뭐 별로 불편하진 않을 거예요."

모 실장이 함께 지낼 거라는 말에 마음이 놓인 파람이 조금 센 척하며 대꾸했다.

"저 그런 거 없어요. 아무 데서나 잘 지내요. 걱정 마세요."

취향이 없다는 말을 참 씩씩하게도 던지는 파람을, 모 실장은 난감한 눈빛으로 쳐다보았다. 파람은 머쓱해져서 고개를 돌렸다. 그때 마침 엘리베이터 문이 열렸다.

낮은 조도에 깔끔한 실내장식이 한눈에 들어왔다. 로비와는 딴판인 분위기에 살짝 마음이 설렜다. 푹신한 갈색 카펫이 깔린 복도 양쪽으로 각각 한 개의 문이, 복도 끝에 한 개의 문이 나 있었다. 모 실장이 오른쪽 방을 향해 눈짓하며 말했다.

"여기는, 내가 먼저 짐을 풀었어요. 복도 끝 방은 사장님이 쓰시고."

파람은 고개를 끄덕이고 왼쪽 방문의 손잡이를 잡았다.

"그럼 좀 쉬고 있어요. 좀 있다 사장님 오시면 면접 볼 거니까."

"면접이요?"

"나는 추천을 했을 뿐 결정은 사장님이 하시는 거니까요."

면접이라니, 생각도 못 했던 일이었다. 여기까지 오는 동안 일할 걱정만 했지 일을 못 할 걱정은 안 했는데. 면접에 떨어져서 집으로 돌아갈 수도 있다고 생각하니 벌써부터 머리가 아파 왔다. 엄마가 뭐라고 놀릴지…….

"너무 걱정하지 말아요. 내가 추천한 데에는 다 그럴 만한 이유가 있으니까."

당황해하는 마음이 표정에 다 드러나 버린 모양이었다. 파람은 흠흠 목소리를 가다듬고 입을 열었다.

"왜…… 저를 추천하셨는데요?"

말을 던진 후에야 또 질문을 하고 말았다는 걸 깨달았다. 모 실장의 얇은 입술이 살짝 일그러지는 걸 본 것 같았다. 잠시 후 짧은 대답이 돌아왔다.

"특별하니까요."

"특별이요? 제가요?"

살면서 처음 들어 본 소리였다. 뭐 하나 튀는 구석 없이 살아온 십칠 년 인생에 미세한 떨림이 찾아들었다.

"차차 알게 될 거예요. 난 좀 피곤해서, 먼저 들어가도 되겠죠?"

대답도 듣지 않고 모 실장은 자기 방으로 들어가 버렸다. 궁금한 건 많은데 무엇 하나 속 시원하게 말해 주지 않으니 답답했다. 면접 때 다 말해 주려나? 덩그러니 복도에 혼자 남겨진 파람은 조금 더 주춤거리다가 방문을 열었다.

"와……."

겨울 햇빛을 받은 강물이 방 안으로 쏟아져 들어올 것처럼 번쩍였다. 눈부셔. 파람은 와락 덤벼드는 빛을 손으로 가리며 눈을 가늘게 떴다. 창틀이 미술관의 액자처럼 보이고 강변의 경치는 한 점의 작품처럼 보였다. 초록이 없는 팔레트로 그린 듯한 풍경화에 매료되어 잠시 넋을 잃고 서 있던 파람은 이내 다리가 풀려 스르르 침대에 걸터앉았다. 의식조차 못 했던 긴장이 풀리며 피로가 몰려오는 느낌이었다. 생각해 보니 그럴 만도 했다. 낯선 사람이 모는 차 안에서, 목적지도 모르는 채로, 무슨 말을 해야 할지 고민하면서 오전을 다 보냈으니까.

노곤함에 딸려 온 편안함을 즐기면서 파람은 방 내부를 눈에 담기 시작했다. 침대 하나, 책상 겸 화장대 하나, 커피 테이블과 일인용 안락의자 하나, 작은 냉장고 하나. 모두 지나치게 깔끔했다. 머물고 간 사람의 흔적을 깨끗이 지워 버린 호텔 방처럼.

나쁘지 않은데? 파람은 벌렁 침대에 드러누웠다. 아니, 나쁘지 않은 정도가 아니라 아주 좋아. 내 방하고 비교가 안 되잖아. 얼굴 옆에서 바스락거리는 하얀 이불보에 코를 박고 쿵쿵거리니 갓 세탁한 것 같은 기분 좋은 향기가 몰몰 풍겼다. 이렇게 하얀 이불보는 얼마나 자주 빨아야 할까. 파람의 집에서 흰색은 금기시되는 색이었다. 새하얀 천들은 조금이라도 세탁할 시기를 넘기면 금세 누렇게 변해서 어떻게 빨아도 원래대로 돌아오지 않았다.

너절한 집 풍경을 떠올린 파람은 절레절레 머리를 흔들며 자리에서 일어났다. 면접 결과가 어떻게 되든 하루는 여기서 보낼 거 같으니 간단히 짐이나 좀 풀어 볼 생각이었다. 그런데 세면도구를 꺼내 들고 욕실 문을 연 순간 파람의 입에서 다시 감탄사가 튀어나왔다. 맙소사, 욕조도 있잖아!

반짝반짝 윤이 나는 욕조를 보니 어느새 자신에게도 취향이라는 게 생긴 것만 같았다. 면접을 꼭 잘 봐야겠어. 잘할 수 있다고 해야지. 무슨 일을 하게 될지도 모르면서, 파람은 혼잣속으로 다짐하고 또 다짐했다. 그렇게 각오를 다지는 바탕엔 갓 생긴 따끈따끈한 바람이 깔려 있었다. 앞으로 적어도 두 달만큼은, 엄마와 함께 쓰는 좁고 낡은 욕실에서 벗어나 자신만의 욕조에서 몸을 녹이고 싶다는 바람이었다.

∞

까무룩 잠이 들었던 파람은 퍼뜩 이마를 스치는 한기를 느끼며 눈을 떴다. 뭐야, 얼마나 잔 거야. 누군가 방문을 두드리거나 전화를 했다면 못 들었을 리 없을 텐데.

파람은 잠귀가 밝았다. 어릴 적부터 그랬다. 엄마가 집에 올 때까지 잠 못 이루다가 현관문 소리에 선잠에서 곧장 깬 적이 많았다. 엄마는 동그라니 눈을 뜨고 반기는 파람을 와락 껴안으며 말하곤 했다. 내 새끼 또 토끼잠 잤네.

그럴 리가 없는데 새하얀 이불에서 엄마 냄새가 났다. 이불에 몸을 문대며 파람은 멍하니 창밖을 바라보았다. 아직 완전히 어둠이 내려앉지 않은 바깥은 낮도 밤도 아닌 시간대에서 차분한 정취를 만들어 내고 있었다. 한번 거닐어 보고 싶은 풍경이었다. 은은히 강물을 비추는 가로등을 따라 짧은 산책을 하고 나면 곤잠으로 가라앉은 몸의 리듬이 차갑게 깨어날 것만 같았다. 첫날부터 멋대로 나다니다가 면접도 보기 전에 찍힐까 걱정도 되었지만 파람은 이내 벌떡 일어나 외투를 걸쳐 입었다. 여기가 감옥도 아니고. 잠깐 바람 좀 쐰다는데 막을 거야, 어쩔 거야.

하지만 방문을 연 순간, 즉흥적인 외출을 가로막는 것은 자신의 의지가 아니라 자신이 처한 상황이라는 사실을 알아차릴 수밖에 없었다.

"맞아요. 그 아이가 그렇게 중요한 건 아니지만……."

맞은편 반쯤 열려 있는 모 실장의 방문 틈으로 낯선 실루엣이 보였다.

"잘 아시잖아요. 제가 하는 일엔 항상 포인트가 있어야 한다는 거. 이번엔 그 아이가 포인트고요."

파람은 마치 자신의 이름이라도 들은 것처럼 움찔했다. 상대가 그저 '그 아이'라고 말했을 뿐인데도.

"그러니까……."

자리를 피하는 편이 나으려나. 다시 방으로 조용히 들어가야 할까. 그때 인기척을 느낀 상대가 고개를 돌렸다.

"노파람 학생?"

목소리가 복도를 타고 돌아 파람의 귓속을 파고들었다. 갑자기 목덜미에 사늘한 기운이 돌았다. 캑캑. 침을 꿀꺽 삼키다가 사레가 들려 버렸다.

"맞지? 새로 온 아르바이트생."

매력적인 미소를 지으며 시원스레 자신을 향해 걸어오는 눈앞의 상대가 사장임을, 파람은 직감했다. 독특한 힘이 느껴지는 목소리. 분명 신경 써서 갖춰 입었을 화려한 의상이 전혀 튀어 보이지 않을 만큼 당당한 몸짓. 사장은 무슨 일이든 거침없이 행할 것 같은 인상을 풍겼다.

"……네."

간신히 기침을 가라앉히고는 떨리는 목소리가 나오지 않길 바라며 입을 열었다.

"미안해. 기다리게 해서."

말과는 달리 전혀 미안해 보이지 않았다. 마치 '난 너를 얼마든지 기다리게 할 수 있는 사람이야.'라고 말하는 듯한 태도에 파람은 온몸의 신경을 곤두세웠다. 그렇게 하지 않으면 거대한 압착기에 눌리듯 사장의 기에 눌려 종이 인형처럼 납작해질 것만 같았다.

사장은 잠시 파람을 훑어보다가 뒤따라 선 모 실장을 향해 몸을 돌렸다.

"실장님, 파람 학생 홀 구경은 했나요?"

"아니요, 아직."

"그럼 같이 내려가죠."

말을 끝내기도 전에 사장은 벌써 걸음을 옮기고 있었다. 누구와 함께 있어도 앞장서는 데 익숙할 것 같은 사람이었다. 엘리베이터에 먼저 오른 사장은 파람을 향해 환한 미소를 지어 보였다. 크고 또렷한 입술의 양쪽 꼬리가 올라가는 모습을 보며 파람은 생각했다.

저 미소에 뭔가가 있을 것만 같다고.

의미를 알 수 없는 무언가에 현혹되어 길을 잃는 사람들이 으레 그러하듯 흥분감과 불길한 느낌에 사로잡힌 파람은 숨소리도 내지 못하고 조용히 엘리베이터에 몸을 실었다.

∞

종착지를 모르는 채로 열차를 탔다면 어떻게든 빨리 뛰어내리는 게 최선일까?

어둑어둑한 2층 홀 가운데 우두커니 서 있던 파람의 머릿속에 퍼뜩 떠오른 질문은 실내조명이 켜짐과 동시에 흩어져 날아가 버렸다. 살굿빛 벽조명이 어슴푸레 밝힌 홀을 둘러보며 사장이 입을 열었다.

"좀 어수선하지? 주방 공사는 끝났고, 홀은 이제 마무리 단계야. 청소하고, 테이블 놓고, 소소한 것들이나 신경 쓰면 되는 정도지."

휑한 공간을 사장의 목소리가 채웠다. 들을수록 참 이상한 목소리였다. 사장은 자기 목소리의 미묘한 톤을 자유자재로 조절할 수 있는 것처럼 보였다. 마음만 먹으면 목소리에 다정함을 아주 살짝 가미하는 것만으로도 상대를 원하는 대로 움직일 수 있는 사람. 혹시 나는 엄마의 울타리를 벗어나자마자 덜컥 덫에 걸려 버린 건 아닐까……. 자꾸 불길한 방향으로 뻗어 나가려는 생각을 떨쳐 내며 파람은 자세를 가다듬었다. 이렇게 강렬한 느낌을 풍기는 어른은 처음이었다.

"사실 여길 구해 놓고도 영업장을 오픈할지, 다른 방식으로 운영할지 고민을 좀 했거든. 난 확 꽂히는 게 없으면 속도가 안 붙어서. 이왕 할 거면 재미있게 하고 싶은데 말이야."

잠시 생각에 잠긴 듯 어깨 위에 놓인 굵은 곱슬머리를 손가락으로 어루만지는 사장을 보며, 파람은 홀린 듯 입을 열었다.

"그럼…… 지금은 결정하셨어요?"

"어떤 거 같아?"

그래, 저런 목소리. 설탕 알갱이 하나로 진하고 다디단 초콜릿 늪을 만들어 낼 법한, 나직하고 나른한 목소리. 파람은 사장의 눈을 피하며 대답했다.

"모르겠어요. 전 그냥 제가 할 일이 뭔지 궁금할 뿐이에요."

사장이 한쪽 눈썹을 치켜올리더니 웃음을 터뜨렸다.

"얘가 핵심을 아네. 안 그래요, 실장님?"

모 실장은 무표정한 얼굴로 파람을 잠시 쳐다보았을 뿐 별다른 말을 하지 않았다.

"여긴 식당이 될 거야. 실장님은 셰프로서 주방을 책임져 주실 거고. 우리 모고진 실장님은 못하는 게 없으시거든."

"그럼 저는 서빙을 하면 되나요?"

파람의 질문이 재미있다는 듯 사장이 또 한 번 소리 내어 웃었다.

"그래, 맞아. 나랑 둘이서 홀을 볼 거야. 우리 일에 직원이 많은 건 별로거든."

홀은 제법 넓었다. 사장과 단둘이서 손님들을 다 챙길 수 있을지 의문이었다. 사장은 파람이 무슨 생각을 하는지 다 안다는 듯이 따분한 표정을 지으며 말했다.

"머리 굴릴 필요 없어. 그런 건 내가 알아서 할 테니까."

뭐야……. 생각 따위 하지 말고 시키는 대로 일만 하라는 건가. 하지만 기분 나쁜 티를 낼 용기는 나지 않았다. 그저 귓바퀴만 속절없이 벌게질 뿐이었다.

그런 파람을 빤히 바라보던 사장이 다시 입을 뗐다.

"그거 아니? 넌 아주 특별한 약점을 가지고 있다는 거."

그러고 보니 사장은 줄곧 무대 위에 오른 배우처럼 행동하고 있었다. 파람은 자신이 돈을 벌러 온 아르바이트생인 동시에 초대권을 받고 연극을 보러 온 관객처럼 느껴졌다.

"내가 이 사업 때문에 머리가 좀 아팠거든. 계획은 나쁘지 않은데, 내 마음을 확 잡아끄는 뭔가가 없달까. 난 항상 포인트가 있어야 하는데 말이야. 그게 없으면 여기가 너무…… 밍밍하거든."

사장은 검지손가락으로 자신의 가슴 한가운데를 힘 있게 가리키고 나서 말을 이었다.

"근데 그때 모 실장님이 네 얘기를 해 주신 거야. 파람 학생, 어릴 때 꽤 유명했더라. 타고난 약점 때문에."

순간 파람의 머릿속을 스치는 무엇이 있었다. 설마……? 더는 조심해야 할 필요가 없어서 의식조차 안 하고 있었는데.

"그냥 묵혀 두기에는 아까운 약점이잖아. 그래서 내가 살까 하는데, 어때? 나한테 팔겠니?"

이 사람은 지금 무슨 말을 하고 있는 걸까? 내 뒷조사를 한 건 그렇다 치더라도 어떻게 그걸 사겠다는 거지? 파람은 복잡한 심경이 그대로 드러난 표정을 짓고 서 있었다.

사장은 장난스러운 미소를 지으며 말했다.

"좀 전에 파람 학생을 처음 본 순간 말이야."

꿀꺽, 뒷머리가 울릴 정도로 침이 삼켜졌다.

"확신이 들었거든. 이 일이 재미있어질 거라는 확신이."

번뜩이는 사장의 눈동자가 검은 장막처럼 파람을 휘감았다. 쿵쿵. 파람의 심장이 강하게 요동쳤다. 이게 연극이라면 끝까지 보지 않고는 못 배길 테지. 막이 내리고 다음 막이 오를 때까지 숨죽여 기다리게 만드는 연극.

그런데 이상했다. 마음속 파장을 일으킨, 덜컹거리는 울림이 파람을 데려간 곳은 극장의 객석이 아니라 이제 막 출발하려는 열차의 객실이었다. 열차를 잘못 탄 것 같다는 의심이 든다면 열차에 속도가 붙기 전에 바로 뛰어내려야 하겠지만······.

파람은 자신이 알고 있는 것보다 훨씬 호기심이 강한 아이였다. 그래서 다음 역에서 내려도 늦지 않을 거라고 생각했다.

따분한 세계를 달리는 열차

미호는 가끔 자신을 솜씨 좋은 양몰이꾼에 비유했는데, 그 말을 들은 사람들은 모두 고개를 끄덕이며 씁쓰름한 웃음을 지어 보였다. 그렇게 긍정할 수밖에 없는 자신 또한 미호에 의해 몰이당하는 양 떼 중 하나라는 생각을 떨칠 수 없었기 때문이다. 상대가 정신 차릴 틈을 주지 않고 몰아치는 것은 미호의 주특기였다. 평소에는 나른한 일상을 즐기는 듯 보이던 사람이 일단 한번 마음을 먹고 나면 얼마나 일을 거침없이 진행하는지, 대부분의 사람들은 한참이 지난 후에야, 그러니까 모든 일이 끝난 후에야 자신이 미호의 뜻대로 움직였다는 사실을 깨닫곤 했다.

파람이 약점을 팔겠다고 한 날, 미호는 이제 속도를 붙여도 되겠다는 생각에 흥이 났다. 사람 호기심이 그렇게 무섭지. 3층 사무실에 들어서자 뜨겁게 우린 밀크티 한잔으로 축배를 들고 싶어졌다. 파람이 자기 약점을 어떻게 팔게 될지 알지도 못하는 채로 해 보겠다고 한 이유의 팔 할은 분명 돈 때문이었다. 하지만 나머지 이 할이 호기심으로 채워지지 않았다면 파람은 돈을 포기했을 것이다. 그러도록 두지 않지, 내가.

게다가 이 호기심덩어리 노파람이라는 아이는 너무나도 다루기 쉬운 상대였다. 자기 딴에는 사람을 경계하는 앙칼진 고양이처럼 보이려 애쓰는 모양이지만 제아무리 용을 써 봤자 미호의 눈을 속일 순 없었다. 레트리버처럼 순한 녀석. 사람을 믿고 싶어 하고 결국은 믿어 버릴 녀석.

그렇게 파람을 생각하다 어쩔 수 없이 오래전 자신을 떠나 버린 존재를 떠올린 미호는 상념에 잠기지 않으려고 눈을 질끈 감았다 떴다.

밀크티 티백을 찻잔에 넣고 잠시 망설이다가 티백 한 개를 더 넣었다. 케미스트리. 미호가 가장 좋아하는 밀크티 브랜드였다. 케미스트리의 밀크티는 효모로 만든 배양 우유에 진한 홍차 향을 첨가한 것으로, 부드럽게 입 속에 감기는 맛이 일품이었다. 미호는 전기 주전자의 물을 천천히 찻잔에 따랐다. 물이 잔에 차오르며 고소한 차향을 풍겨 냈다.

일주일 안에 홀 단장을 마치고 손님을 들여야겠어. 한 손에는 찻잔을, 다른 한 손에는 휴대폰을 들고 골똘히 생각에 잠긴 미호의 양미간에 깊은 세로줄이 잡혔다. 휴대폰 화면에는 사람들의 이름과 프로필이 죽 떠 있었다. 첫날은 세 팀만 초대할 계획이었다. 어떤 사람을 선택하느냐에 따라 사업의 성패가 갈릴 수도 있었다. 누가 봐도 특별히 선택받을 만한 존재여야 했다. 그리고 다른 이들에게 어쩌면 자신도 초대받을 수 있을지 모른다는 기대감을 품게 해 주는 존재도 필요했다. 동경과 희망, 이 두 가지가 헤븐을 더욱 빛나게 해 줄 테니까.

"황 선생님, 그리고⋯⋯."

미호가 혼잣말로 중얼거렸다. 황호영. 황 변, 황 교수, 황 의원, 황 작가 등 많은 호칭으로 불려 온 그는 유일하게 초대가 확정된 손님이었다. 한평생 믿기 어려울 정도로 많은 경력을 쌓아 온 사람. 그리고 그렇게 쌓은 것들이 단 한 번도 흔들려 본 적 없는 사람. 사법고시를 패스하고 변호사, 교수로 활동하다 국회의원까지 연임했던 그는 미식가로도 유명해서 미식 견문록도 여러 권 내고 요리 경연 프로그램의 심사위원에 위촉되기도 했다. 취미조차 허투루 하지 않는, 무엇에 손을 대든 손을 댄 이상 제대로 하고야 마는 사람이었다.

그런 그를 멈추게 한 건 사랑하는 사람의 죽음이었다. 육 년 전 부인이 지병으로 세상을 뜨자 그는 모든 일을 접고 칩거에 들어갔다. 그러다 최근 공중파 TV 시사 프로그램의 진행자로 발탁되면서 다시 활동을 시작했다. 오랜만에 돌아온 그는 보란 듯이 그 일을 잘해 내고 있었다. 나이가 들었지만 언변만큼은 여전히 남다른 그가 부드러운 말투로 날카롭게 핵심을 파고들 때면 사람들은 긴 시간 쌓아 온 그의 지성과 인품을 느끼며 감탄과 존경을 금치 못했다. 살이 오른 둥그스름한 얼굴에 눈꼬리가 유독 처진, 귀엽고 친근한 할아버지 같은 인상도 인기를 더하는 데 한몫했다. 사람들은 이제 그를 황 선생님이라고 불렀다.

"두 번째 손님은 역시 제우스가 좋겠어."

인기 절정의 테니스 선수. 혜성처럼 등장해 전 세계 테니스 팬들을 환호하게 만든 이 선수는 얼마 가지 않아 '코트 위의 제우스'라는 별명을 얻게 되었다. 공을 라켓으로 내리꽂을 때마다 벼락이 치는 듯하다고 하여 생긴 별명이었다. 물론 최고라는 의미도 있었다. 재작년에 세계 4대 메이저 대회에서 우승한 제우스는 인터뷰 때마다 남자 선수와 붙어도 이길 자신이 있다고 말하곤 했다. 하지만 어떤 남자 선수도 감히 경기를 하려 들지 않았다. 팬들이 달리 제우스라는 별명을 붙여 준 게 아니었다.

"좋아, 여기까지는."

휴대폰 화면을 위아래로 스크롤하는 미호의 눈썹 사이에 더 깊은 골이 패었다. 미호는 이제 겨우 서른일곱 살이었지만 미간을 찌푸리는 오래된 습관은 미호의 얼굴에 벌써 희미한 흔적을 남겨 놓았다. 인상을 쓰지 않을 때도 양미간의 세로 골은 완전히 사라지지 않았다.

"흠. 누가 좋을까."

앞서 선택한 사람들은 희망보다는 동경에 치우친 감이 있어 보였다. 다가갈 수 없는 별이라 해도 다른 별들보다 친근하게 빛나는 별은 있기 마련이다. 그런 별을 찾아야 했다. 유머러스하고 다정한 이웃처럼 느껴지는 스타. 화면을 한참 들여다보던 미호의 얼굴에 슬며시 미소가 피어올랐다.

찾았다. 아주 딱이야.

미호는 이름 하나를 뚫어져라 응시하며 천천히 밀크티를 음미했다. 루 영. 난 당신이 항상 별로였는데, 지금은 아니네.

흡족한 마음으로 밀크티를 또 한 모금 삼킨 미호는 돌연 자조적인 얼굴이 되었다. 자신이 참 많은 사람들을 별로라 여긴다는 사실을 떠올렸기 때문이다. 삼십칠 년 동안 미호는 시시한 기분으로 인생을 살아왔다. 가끔은 아주 오래 산 것처럼 느껴졌고, 가끔은 남은 인생이 따분하리만치 길게 느껴졌다. 기억은 안 나지만 자신이라면 분명 태어난 순간부터 지루해했을 거라고 확신했다. 지루함은 끈질기게 미호의 영혼을 파고들었다. 어두운 미로 속에서 횃불을 찾아 헤매듯 지루함을 달랠 방법을 찾아 헤맸지만, 컴컴한 사위를 완전히 벗어날 방법은 없었다. 그래도 한 가지는 확실했다. 재미있는 사업 구상을 할 때만큼은 가슴이 뛴다는 것.

횃불이 만들어 내는 그림자로 수십 수백 가지 이야기를 짓는 이야기꾼처럼 미호는 자신만의 어둠 속에 들어앉아 홀로 판을 짰다. 엉뚱하고, 괴팍하고, 이상한 면이 있는 계획을 세웠다. 따분한 세상을 버텨 내기 위하여.

그러니 아마도 파람을 실은 열차는 멈추지 않을 것이다.

믿고 싶은 마음

파람은 넋을 놓고 홀을 둘러보았다. 단 며칠 사이에 썰렁했던 헤븐은 그럴듯한 식당으로 탈바꿈했다. 물빛이 잔멸하기 직전 강변의 그윽한 정취를 그대로 품은, 단순하면서도 고풍스러운 분위기. 아슴푸레한 붉은빛 조명은 자칫 고적하게 느껴질 법한 실내에 은근한 화려함을 불어넣었다. 조명 아래에는 근사한 소품들이 저마다 다른 곡선의 테두리를 빛내며 자리했는데, 그 모습은 마치 살아 숨 쉬는 존재가 제 몸에 깃든 추억을 떠올리고 있는 양 몽환적이었다. 어쩐지 공미호 사장을 닮아 보이는 공간이었다. 사장에 의한, 사장을 위한 공간. 그러니 당연하게도, 그 공간을 완벽하게 만들어 줄 존재는 사장밖에 없었다.

그날 면접 같지 않은 면접을 본 이후로, 사장에 대한 파람의 마음은 예상치 못한 방향으로 흘러갔다. 약점이니 포인트니 이상한 얘기를 해 대는 사람을 경계하려는 맘가짐도 있었지만 사장에 대해 더 알고 싶은 마음이 커지는 것을 막을 수가 없었다.

어째서 저 사람은 저렇게나 세찬 매력을 풍기는 걸까. 나는 왜 그 매력에 속수무책으로 끌리는 걸까.

파람은 어느새 사장의 능수능란함과 여유로움에 매료되어 있었다. 사장은 모든 일에 확신을 가지고 임하는 것처럼 보였다. 머릿속에 완벽한 그림이 그려져 있어서 그대로 만들기만 하면 된다는 듯이 매사 막힘이 없었다. 파람은 특히 사장이 사람들을 대할 때의 모습이 좋았다. 헤븐에 많은 사람들이 드나든 건 아니었지만 사장은 꼭 필요한 인원만으로 원하는 일을 다 이루어 내는 재주를 부렸다. 이런저런 지시를 내리는 사장의 모습은 시원시원하면서도 까다로워 보이고 권위적이지 않으면서도 쉽지 않아 보였다. 자신감이라면, 엄마도 없진 않은데. 사장의 자신감은 만사 엄벙덤벙 덤비고 보는 엄마의 자신감과는 분명 달랐다. 보는 사람으로 하여금 노심초사하게 하는 자신감이 아니라 닮고 싶어지게 하는 자신감이었다.

조심해야지. 멋있어 보인다고 무턱대고 믿어 버리면 안 돼. 사장에 대한 호감이 생길수록 파람은 상대가 자신의 약점을 산 사람이라는 사실을 잊지 않으려 애썼다. 하지만 그런 노력에도 불구하고 마음속 경보음은 자꾸만 작아져 갔다.

"어때요, 실장님? 파람 학생, 잘하고 있나요?"

사장이 팔짱을 낀 채 싱긋 웃으며 다가왔다. 모고진 실장이 선보인 매뉴얼대로 반듯하게 서서 물 따르는 연습을 하던 파람의 몸에 힘이 들어갔다. 서빙 아르바이트는 처음이었지만, 어떤 일이건 사장에게 잘 보이는 게 중요하다는 것쯤은 알고 있었다. 그 사장이 다른 누구도 아닌 공미호라면 더더욱.

"배우는 속도가 빠른 편이네요. 눈썰미도 있고."

"흐응…… 좋네요. 역시 아르바이트를 좀 해 봐서 그런가?"

모 실장의 후한 평에 안심이 되었지만 괜히 으쓱대고 싶진 않았다.

"근데 패스트푸드점이나 편의점 알바만 잠깐 해 봐서…… 실수할까 봐 조금 긴장이 돼요."

서빙은 파람의 예상보다 만만치 않았다. 테이블 세팅부터 손님 대하는 매너까지 익혀 두어야 할 게 한두 가지가 아니었다. 파람은 자신이 일하게 될 곳이 그냥 일반적인 식당이 아닌, 고급스럽고 비싼 음식을 파는 식당일 거라 확신했다. 널찍한 홀에 비해 테이블 수는 터무니없이 적고, 아르바이트생에게 요구하는 애티튜드는 지나치리만큼 깍듯했으니까.

다만 무엇을 파는 식당인지 도통 알 수가 없었다. 주방은 아직도 식재료나 별다른 조리 도구 없이 휑한 상태였다. 심지어 메뉴판도 보이지 않았다. 무엇을 주문받고 무엇을 서빙해야 할지도 모르는 채 손님을 맞아도 괜찮은 걸까. 이런 걱정을 모 실장에게 내비쳤더니 알려 주지 않은 일은 신경 쓸 필요 없다는 대답이 돌아왔다. 손님들 보고 놀라서 수선 피우지 말고 가르쳐 준 대로 시중이나 잘 들라나.

어떤 손님들이기에 놀란다는 건지, 여전히 궁금한 건 많았지만 이제 파람은 잠자코 기다리기로 했다. 공미호 사장이라면 모든 걸 빈틈없이 계획해 두었을 테니까. 때가 되면 알려 줄 거라는 막연한 믿음이 파람의 마음을 느슨하게 풀어 놓았다.

"넌 분명 잘할 거야. 내가 사람 보는 눈이 좀 있거든."

으쓱하지 않으려 했는데, 저도 모르게 어깨에 힘이 실렸다. 잘해 낼 거라고 믿어 주는 사람이 있다는 건 정말이지 기분 좋은 일이었다. 집을 떠나 처음으로 혼자 지내게 된 파람에게는 사장의 말이 지금 꼭 필요한 응원처럼 느껴졌다.

"확신이 들었다니까? 난 내 확신을 믿어."

사장의 등 뒤 창으로 은빛 햇살이 쏟아져 들어왔다. 파람은 눈을 깜빡깜빡하며 빛무리 같은 사장의 오라를 걷어 내려 애썼다.

∞

날이 추우면 볕이 잘 들어오는 창가에서, 제법 포근한 날엔 마당의 양지에서 사장은 종종 밀크티를 홀짝였다. 그날은 바람이

유독 잠잠해 앞마당에 자리 잡기 딱 좋은 날씨였다. 파람은 모
실장이 건네준 다과를 받아 들고 사장에게 다가갔다.

　팔짱을 낀 사장은 뭔가 깊은 생각에 잠겨 있는 듯했다. 방해
하면 안 될 것 같은 분위기였다. 하지만 뜻밖에도 사장은 파람
을 좀 더 곁에 머무르도록 했다. 파람은 사장이 자신을 말동무
상대로 여긴다는 점이 퍽 반가웠다. 특히 아무에게나 말하지 않
을 것 같은 개인사, 이를테면 사장이 키우던 개 이야기를 해 준
다는 데 설렘을 느꼈다. 파람은 귀를 쫑긋 세우고 사장의 이야
기를 들었다.

　황금빛 털이 눈부시게 포근했던 아이, 까맣고 큰 눈동자에 우
주를 담았던 그 아이의 이름은 헤븐이라고 했다. 가게 이름을 거
기서 따온 거냐고 묻자 사장이 고개를 끄덕이며 말했다.

　"맞아. 헤븐 이름을 땄다는 건 그만큼 이 사업이 내게 의미 있
다는 거지. 처음엔 내 동생 이름을 쓸까 했지만……."

　"동생이 있어요?"

　"있지. 헤븐이 죽고 나선 동생밖에 없었는걸."

　헤븐은 사장이 일곱 살이 되던 해부터 사장과 함께했고, 사장
은 헤븐이 언젠가 곁을 떠날 거라는 생각은 해 본 적이 없었다고
했다. 파람은 사장처럼 똑똑해 보이는 사람이 그런 예상을 못 했
다는 게 믿기지 않았다. 사람은 어떤 존재를 사랑하게 되면 아주

당연한 것들을 까먹는가 보다고, 그리고 그렇게 당연한 일이 닥쳐오면 무너지거나, 얼어붙거나, 아주 오랜 시간 잠을 자는 것처럼 살거나, 가슴에 뚫린 구멍을 영원히 메꾸지 못하는가 보다고, 파람은 생각했다. 아빠가 죽은 이후로 엄마가 그랬듯이 말이다.

"헤븐은 정말 똑똑하고 사랑스러운 개였어. 어떤 순간엔 헤븐이 날 지키기 위해 하늘에서 내려온 수호천사처럼 느껴졌고 또 어떤 날엔 내가 나 자신을 사랑하는 것보다 헤븐을 더 사랑하는 것처럼 느끼기도 했지. 그런데 그 아이가 어느 날 갑자기 죽어 버렸으니 어땠겠어? 난 그때 열여섯 살이었고, 헤븐은 고작 열 살이었어."

파람은 개를 키워 본 적이 없어서 사장의 마음을 다 헤아릴 자신은 들지 않았지만 위로를 해 주고 싶었다. 마침 마당에는 오후의 긴 햇살이 한가로운 풍경을 적시고 있었다. 겨울은 딱 고만큼의 온기로도 사람의 마음을 물러지게 만들었다.

"헤븐은 천국에 갔을 거예요."

촌스럽게 들리진 않았을까. 말을 뱉고 나서야 좀 더 나은 표현을 고를 걸 그랬다는 후회가 들었다.

"천국이 있다면 말이지."

"천국이 없다고 생각하세요?"

사장이 파람을 빤히 쳐다보았다.

"죽으면 끝이라고 생각하지."

"그럼 왜 이름을 헤븐이라고 지어 줬어요?"

사장은 잠시, 어디 먼 곳을 보는 듯한 눈빛을 하고서 낮게 숨을 내쉬었다. 그리고 담담하게 말했다.

"내 개가 나의 천국이니까."

파람은 사장이 쓸쓸해 보일지언정 슬퍼 보이진 않는다고 생각했다. 문득 희망도 바람도 없는 마음이, 그 끝에 아무것도 없음을 보는 마음이 사람을 덜 슬프게 하는지도 모른다는 생각이 들었다. 엄마는 결코 그런 마음을 가지지 못할 터였다.

파람은 사장의 방식이 마음에 들었다. 사장의 방식대로라면 모든 것이 간단해질 것만 같았다. 떠나는 것도, 뒤돌아보지 않는 것도. 그때는 그랬다.

∞

"잘 맞네."

헤븐의 오픈을 앞둔 이른 아침, 유니폼을 챙겨 입고 방을 나선 파람을 보며 사장이 말했다. 사장은 언제나 자신의 몸을 치장하는 즐거움을 만끽하는 스타일이었지만 그날의 옷맵시는 단순히 흥에 취해 꾸민 것 이상으로 정교하고 날이 서 있었다. 가까이 다가가면 베어 버릴 것처럼. 파람은 불현듯 사장을 처음 맞닥뜨렸던 순간이 떠올랐다.

"어디 보자. 바지 길이도 맞춘 듯이 딱이고."

검은색 바지에 흰 셔츠, 허리에는 앞치마를 두른 복장. 사장 말대로 어디 하나 맞지 않는 곳 없이 적당했다. 사장은 파람에게 빙긋 웃어 보이며 말했다.

"목 단추 하나는 풀자."

사장의 손이 목 가까이로 다가온 순간, 파람은 흠칫하며 상체를 뒤로 뺐다. 본능적으로 보인 반응이었다. 민망한 기색도 없이, 사장이 천천히 손을 거두었다.

"좀 답답해 보여서."

오히려 파람이 민망해졌다. 파람은 목 단추만 만지작거리며 서 있었다. 사장은 그런 파람을 주의 깊게 살펴보며 나직이 말했다.

"그런 자세 좋아."

"네?"

"날 경계하는 자세."

"왜요?"

파람은 '왜요'라는 두 음절이 생각을 거쳐 나온 게 아니라 자신의 몸 어딘가에서 그냥 툭 튀어나온 것처럼 느꼈다. 그리고 그 두 음절에 더 많은 질문을 싣고 싶은 충동을 느꼈다.

"왜 사장님을 경계해야 하는데요?"

사장은 바로 대답하지 않고 파람의 눈을 들여다보다가 이윽고 입을 열었다.

"모 실장님이 질문을 싫어한다는 거 알고 있니?"

파람은 고개를 끄덕여 보였다.

"모 실장님은 나한테도 질문을 거의 하지 않아. 하지만 그것 때문에 내가 모 실장님이랑 같이 일하는 건 아니지. 무슨 말인지 알겠니?"

이번엔 고개를 저었다. 사장은 가볍게 팔짱을 끼며 말했다.

"나한텐 괜찮다는 말이야. 질문하는 거."

"정말요?"

"그래. 그런데, 여기서 반전."

사장이 짓궂은 표정으로 말을 이었다.

"방금 네가 한 질문에 대한 답은 해 주지 않을 거야. 대답하기 싫거든."

정말 멋대로였다. 질문하는 걸 허용하면 뭐 해? 대답할 생각도 없으면서. 모 실장이랑 다를 게 뭐야. 파람은 입을 꾹 닫고 속으로 구시렁댔다.

"어차피, 곧 알게 될 거야."

사장의 장난기 어린 얼굴을 보면서 파람은 자신이 진짜 화가 난 건 아니라는 사실을 깨달았다. 화가 났다면 이렇게 사장의 말

한마디 한마디에 기대하게 될 리 없었다. 사장은 자신을 경계하라고 했지만 그 말조차도 파람을 위해서 해 준 것처럼 느껴졌다.

이제는 순순히 인정할 수밖에 없었다. 마음속 경보기의 스위치가 이미 내려가 버렸다는 것을, 믿고 싶어 하는 마음이 스스로 그 스위치를 내렸다는 것을.

커다란 구멍

한낮의 헤븐에 도착한 첫 번째 손님을 보자마자, 파람은 그 손님이 엄마가 늘 틀어 놓는 TV에 자주 얼굴을 비치는 사람임을 알아보았다. 시사 프로그램을 눈여겨본 적은 없지만 그 사람은 모르려야 모를 수가 없었다. 이 정도로 유명한 사람이 오는 식당이라고? 놀라서 수선 떨지 말라던 모 실장의 말이 그제야 이해되었다. 가슴이 뚝딱거리고 손바닥에 땀이 배어났다. 외투를 받아 드는 자신의 움직임 하나하나가 삐걱대는 것처럼 느껴졌다.

반면 사장은 몸에 딱 맞는 무대복을 입은 듯 온몸에서 자연스러운 에너지를 풍겨 내고 있었다. 사장은 첫 번째 손님에게 다정한 목소리로 물었다.

"황 선생님! 여행은 잘 다녀오셨어요?"

"허허, 방송 때문에 간 건데 여행이라고 할 수가 있나요. 게다가 방송이든 여행이든 이제 그렇게 먼 거리는 오가기 힘들 것 같습니다. 나이가 나이다 보니……. 그래도 남미에 있는, 유명하다는 미슐랭 식당들은 다 훑었으니 특집은 잘 나올 거 같군요."

지구 반대쪽에 있는 미슐랭 식당들이라니. 완전히 다른 세계에 사는 사람이었다. 파람은 조심스레 황 선생이 앉을 의자를 테이블에서 빼내었다. 그러자 황 선생이 파람을 향해 부드러운 눈인사를 건네며 고마워요, 라고 말했다. 가슴이 뽈록 부풀어 올랐다. 그래! 쫄지 마, 노파람. 이제 내가 마주할 사람들이야. 파람은 어깨를 쫙 펴고 식당 입구를 쳐다보았다. 오늘 세팅해 둔 테이블은 세 개였다. 두 번째 손님은 누굴까?

그때 누군가 성큼성큼 걸어 들어왔다. 사장은 날개를 펼치듯 두 팔을 활짝 벌리며 친근한 목소리로 두 번째 손님의 별칭을 불렀다.

"나의 제우스!"

파람은 다시 한번 코앞에서 연극을 보는 듯한 기분에 사로잡혔다. 전과 다른 점이 있다면 이번엔 파람 또한 무대 위 배우 중 한 명이라는 것이었다. 헤븐에 모인 사람들은 모두 각자 맡은 역할이 있었다. 고분고분하게 사장에게 안겨 환대를 받고 있는 제우스 역시 건장한 체격을 자랑하며 무대 위 존재감을 드러냈다.

제우스는 뚝뚝한 얼굴로 저편 황 선생에게 까닥 목 인사를 건네고 자리를 안내하는 파람을 저벅저벅 앞질렀다. 파람은 조금 머쓱했지만 별로 놀라진 않았다. 덜커덩 의자를 빼고 털썩 앉는 모습이 방송에서 봤던 이미지 그대로였기 때문이다.

이제 남은 테이블은 한 개. 테이블 위에는 세 명의 식기가 준비되어 있었다. 황 선생과 제우스의 자리를 오가며 식전 환담을 주도하던 사장은 파람의 곁을 지나가면서 슬쩍 짜증 부리는 투로 말했다.

"여긴 항상 조금씩 늦어. 여전하네."

세 번째 손님이 늘 사장의 심기를 거슬러 왔다는 말처럼 들렸다.

"미호!"

그 순간 거짓말처럼 문이 열리고 세 번째 손님이 큰 소리로 사장의 이름을 부르며 들어섰다. 멀쑥하게 큰 키에 분홍빛이 도는 피부, 파란 잉크 한 방울을 떨어뜨려 얼린 듯한 투명한 눈동자. 할리우드 최고 흥행 배우 루 영이었다.

파람은 루 영을 보자마자 뒤따라 들어올 얼굴들을 자연스레 떠올렸다. 셋이 함께할 때 가장 빛나는 사람들……. 그들은 그저 화목한 가족이기만 한 것이 아니라 서로서로 가치를 더 높여 주는 환상적인 팀이었다. 십수 년 전 어느 가족 예능 프로그램에 출연하면서부터 지금까지 차곡차곡 쌓아 온 이미지는 그들이 각자의 영역에서 활동하는 데 큰 힘이 되어 주었다.

파람은 달뜬 감정이 드러나지 않기를 바라며 스타 패밀리를 공

손히 맞이했다. 루 영의 옆에 서 있는 원하나는 유명 사진 작가
였다. 두 사람의 만남은 결혼 전부터 화제였다고 어디선가 주위
들은 적이 있었다. 세련되고, 자유롭고, 사랑스러운 이 커플을 사
람들은 '영원 커플'이라고 불렀다. 루 영과 원하나, 각각의 이름을
따서 지은 애칭이었다. 영원이라는 단어에 한도가 없듯이 두 사
람이 받을 사랑 또한 그러했다. 어린 딸과 함께 방송에 나와 좌
충우돌 육아기와 소소한 일상을 보여 주자 대중의 사랑이 복리
이자처럼 불어난 것이다. 이제 그들은 '영원 패밀리'로 불렸다. 그
리고 가족 예능의 첫 회부터 시청자들의 마음을 사로잡아 버렸
던, 개구쟁이 천사 같던 두 사람의 아이는 모든 이들이 지켜보
는 가운데 성장해 어느덧 열일곱 살이 되었다. 탠저린 영. 그 아
이의 이름이었다.

"오늘 너무 춥지 않아? 여긴 꽤 따뜻하군."

루 영이 만족스러운 듯이 실내를 둘러보며 말했다. 파람은 곧
이례적인 한파가 시작될 거라던 뉴스를 떠올렸다. 북극의 찬 공
기가 그대로 흘러 내려올 거라는 소식에 사람들은 아연실색했다.
길고 지독한 폭염이 끝난 지 얼마나 되었다고. 철마다 계속되는
이상 기온, 매해 경신되는 최고기온과 최저기온에 무딘할 수 있
는 사람은 드물었다. 전에 없이, 사람들은 전문가들의 의견에 귀
를 기울였다. 전문가들은 저마다 다른 의견을 내놓았지만 가장

희망적인 예측조차 비관적 뉘앙스를 내포하고 있었다.

인류는 망가질 대로 망가진 지구를 되살리기 위해 전보다 더 다방면으로 노력하고 있었다. 150여 개 국가들이 모여 탄소 배출 제로 식생활을 위한 국제협약을 추가로 비준하고, 기존 축산업을 세포농업으로 전환하기 위해 어마어마한 비용을 감수해 낸 것도 다 그런 노력의 일환이었다. 급기야는 절박함에서 비롯한 궁여지책으로 개개인의 식생활까지 통제하기에 이른 것이다. 하지만 이렇게 유례없는 식량 혁명기를 거치면서도 모두들 이미 늦어 버렸다는 생각을 쉽게 떨쳐 내진 못했다.

"이 사람 스튜디오 촬영이 길어졌어. 우리가 좀 늦었나?"

연애 시절부터 한국어를 공부했다는 루 영은 유창한 한국어 실력 덕분에 더욱 인기를 끌었다.

"아주 조금. 오랜만이에요, 원 작가님."

사장은 웃는 얼굴로 루 영을 흘겨보고는 원하나 작가를 향해 인사를 건넸다.

"미호 씨, 아니 이제 공 사장님이라고 불러야지. 개업 축하드려요."

황 선생과 제우스를 향해 가벼운 눈인사를 건넨 원하나 작가가 말을 이었다.

"여기 우리 딸도 오랜만이죠?"

탠저린은 입을 꾹 다물고 있었다. 영상에서 봤던 것과는 영 다른 인상이었다. 언제나 밝고 씩씩한 모습만 보여 줬던 아이. 숱한 광고 속에서 늘 환하게 웃고 있던 아이. 하긴 평소에도 항상 웃고 있으면 얼마나 피곤하겠어. 파람은 탠저린의 쌀쌀맞은 얼굴이 오히려 인간적으로 느껴졌다.

"탠저린이야 줄곧 지켜보고 있었죠. 제가 말하지 않았던가요? 제 동생이 탠저린의 오랜 팬이라고요."

사장이 직접 자리를 안내하려고 몸을 돌리자, 루 영과 원하나 작가, 탠저린도 뒤를 따랐다. 그때 사장의 뒤통수를 쏘아보며 코웃음 치는 탠저린의 모습이 파람의 눈에 들어왔다.

저 아이, 아무래도 여기 억지로 끌려온 거 같네. 가기 싫은 어른들의 자리에 강제로 딸려 가는 심정을 모르는 바 아니었기에 파람은 탠저린을 편들고 싶은 마음이 됐다.

"그럼 모두 오셨으니, 시작해 볼까요?"

사장이 좌중을 둘러보며 말했다. 느긋해 보이는 사장과 달리 손님들은 조금 긴장한 듯이 보였다. 단 한 명, 탠저린 영만 제외하고 말이다. 탠저린은 고집스럽게 쌔무룩한 표정을 유지하고 있었다. 그 얼굴은, 무엇이 시작되든 난 분명 따분할 거야, 라고 말하고 있었다.

"여러분은 모두 저에게 아주 의미 있는 분들이에요. 예전에 제가 한 분 한 분께, 언젠가 꼭 특별한 경험을 선사하겠다고 약속했었죠. 다들 기억하시나요?"

손님들의 얼굴에도 조금씩 여유로움이 엿보이기 시작했다. 사장의 약속을 떠올린 듯 입가에 미소를 띠기도 하고 고개를 끄덕이기도 했다.

"오늘이 바로 그날이에요. 제가 약속을 지키는 날."

파람은 사장의 손에 집중했다.

"모든 것이, 완벽하게 준비되었답니다. 말이 길 필요는 없죠."

사장이 손가락을 튕겼다.

지금이다.

파람은 미리 숙지한 대로 재빨리 움직여 홀 내에 잔잔히 흐르던 음악을 멈추었다. 음악이 꺼지자 주방에서 모 실장이 트롤리를 끌고 나왔다. 맨 윗칸의 은빛 덮개가 조명을 받아 반짝였다. 파람은 그 안에 든 것이 무엇인지 알고 있었다. 주방에 있던 유일한 재료였으니까.

천천히, 사장이 덮개를 들어 올렸다. 새하얀 접시 위에는 고기 한 점이 놓여 있었다. 도대체 얼마나 맛있는 고기이길래 이렇게 유명한 사람들을 모셔 놓고 고작 손바닥만 한 고기 한 덩이만 대접한다는 걸까? 물론 세상엔 수없이 많은 종류의 배양육이 있고 그중엔 엄청나게 비싼 것들도 있지만…….

"그런데 다들 저 아시잖아요. 밋밋한 거 딱 싫어하는 성격."

파람은 당황했다. 사장이 의미심장한 눈빛으로 자신을 쳐다보고 있었다. 내가 뭐 잊은 게 있나? 이 부분에서 뭘 하기로 했던가? 급급히 머리를 굴려 보았지만 딱히 생각나는 게 없었다. 그때 사장이 파람을 향해 손짓했다. 파람은 머뭇머뭇 다가갔다.

"저를 못 믿으실까 봐 준비한 건 아니에요. 오히려 저를 믿어 주시니까, 장난처럼 준비한 이벤트가 있어요."

이벤트라니, 사전에 준비된 이벤트 같은 건 없었다. 즉흥적으로 뭔가 하려는 걸까? 그게 무엇이든 그냥 혼자 알아서 했으면 좋겠는데……. 하지만 사장의 손이 어깨에 와 닿는 순간 파람은 예감했다. 자신의 순진한 바람이 결코 이루어지지 않을 것임을.

"정식으로 인사드리죠. 헤븐의 얼굴, 노파람 학생이에요."

헤븐의 얼굴이라고요? 파람은 벙쩐 얼굴로 눈만 끔뻑거렸다. 손님들 역시 의아한 표정으로 사장과 파람을 번갈아 쳐다보았다.

"미호, 우리가 뭘 기대하고 왔는지 알잖아. 장난은 이따 치면 안 돼?"

루 영이 쓱 손을 들며 말했다.

"루, 내 장난이 재미없었던 적 있어요?"

"글쎄. 워낙 미친 짓도 많이 했으니……."

아직 남아 있는 외국인 억양 때문에 농담인지 진담인지 가늠하기가 어려웠다. 그 말에 공감한다는 듯이 피식 웃은 사람은 제우스밖에 없었다. 사장은 개의치 않고 말을 이어 나갔다.

"여러분에게 선보일 음식을 여기 노파람 학생에게 먼저 맛보게 한다고 노여워하지 않으셨으면 해요."

서두르는 기색 없이, 포크와 나이프를 쥔 사장의 두 손이 움직였다. 나이프에 폭신하게 눌리며 썰린 고기의 단면에서 육즙이 흘러나왔다.

"자……."

사장이 고기 한 점을 파람 앞에 들이밀며 말했다.

"내 쇼의 주인공."

다정하고 확신에 찬 목소리였다. 의심을 거두고, 경계를 풀게 만드는 목소리. 그래, 사장에겐 계획이 있을 것이다. 그 계획 속엔 내가 있고. 그것도 주인공 역할로.

파람은 망설임을 뒤로하고 사장이 건넨 고기를 받아먹었다. 우물우물 한쪽 뺨이 불가지게 고기를 씹는 파람에게 사장이 물었다.

"어떠니?"

"맛있어요."

"아니, 몸 상태 말이야."

갑자기 한기가 도는 듯도 하고 열이 오르는 듯도 했다. 간질간질. 따끔따끔. 이상한 느낌에 괜스레 팔뚝을 긁었다. 그러자 정말로 피부 아래에 뭔가 있는 것처럼 느껴져 자꾸만 박박 긁게 되었다.

"방금 보낸 자료를 봐 주시겠어요?"

사장이 흐뭇한 표정으로 손님들을 돌아보며 말했다. 손님들은 어리둥절한 표정으로 휴대폰을 들여다보았다.

"이 아이는 아주 희귀한 체질을 가지고 있어요. 배양육을 먹으며 자란 세대에서 나타나는 일종의 알레르기인데, 금지육을 먹으면 온몸에 두드러기가 돋는 거죠. 심각한 건 아니에요. 조금 간지러울 뿐이고, 몇 시간 뒤면 저절로 가라앉으니까."

금지육이라니. 왜 갑자기 피부가 간지러운지 이해가 되었다. 사장이 했던 아리송한 말들도 이해가 되었다. 이렇게 확실히 이해되는 것들을 어째서 그전에는 이해하지 못했는지 그것만이 이해되지 않을 뿐이었다. 토할 것 같았다.

"특이하죠. 오직 실험실에서 만든 고기만 먹을 수 있는 체질. 일반적인 육류 알레르기와도 다르다고 하고요. 금지육의 어떤 점 때문에 거부반응이 나타나는 건지, 아직 밝혀내진 못했죠. 완벽하게 청정한 고기만 먹고 자란 아이들이 도축한 고기 속 미생물에 반응을 보였으리라는 설이 있지만 증명된 건 아니고."

금지육의 공식 명칭은 '환경 파괴 도축육'이었다. 하지만 대부분의 사람들은 그냥 금지육이라고 불렀는데 그 사정은 다 달랐다. 기존의 공장식 축산업에 적극적으로 반대한 사람들은 결단의 뜻으로 금지육이라는 별칭을 사용했다. 그들은 환경 파괴와 동물권 침해 없이 지속 가능한 육식 라이프를 지향하며 스스로를 무해한 육식주의자라고 불렀다. 반면 비자발적으로 무해한 육식주의자가 된 사람들, 늘 접하던 것들을 하루아침에 금지당한 데 불만을 품은 사람들은 금지육이라는 단어의 부정적 뉘앙스를 살려 사용했다.

헤븐에 모인 사람들은 분명 후자일 터였다.

"확실한 건 단 하나, 지금 우리가 눈으로 보고 있는 이 반응이에요."

손님들은 휴대폰을 내려놓고 흥미롭다는 듯이 파람을 찬찬히 뜯어보았다. 더 잘 보려고 고개를 빼기도 했다. 모욕감이 밀려왔다. 우리 속에 갇힌 구경거리가 된 기분이었다. 하지만 긁는 것을 멈출 수 없었다. 팔뚝뿐만 아니라 몸통이, 다리가, 목덜미와 얼굴이 미친 듯이 가려웠다. 파람은 빨그레한 반점이 피어난 손으로 온몸을 벅벅 긁어 댔다. 굳이 옷소매를 걷어 보지 않아도 온몸으로 열꽃이 번졌음을 알 수 있었다.

주인공이 된다는 게 이런 거였어? 파람은 어금니를 악물었다.

"보내 드린 기사에 나오는 아이가 바로 여기, 노파람 학생이죠.

지금까지 우리나라에서 확인된 사례는 열 건도 채 되지 않아요. 그중 가장 먼저, 그것도 세계 최초로 보고된 케이스라 당시 언론에서도 제법 다룬 바 있죠. 그때는 아직, 도축한 고기도 허용되던 시절이라 이런 증상에 관심이 많았을 때거든요."

"저도 기억합니다. 그때 배양육과 면역력을 주제로 논의가 치열했지요. 뭐, 아직 끝나지 않은 문제입니다만……."

점잖은 목소리로 끼어든 사람은 황 선생이었다. 연구 대상을 살피는 듯한 황 선생의 눈이 또 한 번 파람을 훑었다. 안색이 어두워진 파람에게 사장이 생긋 미소를 지어 보였다.

"넌 너무 어릴 때라 기억하지 못할 거야."

당연히 기억 못 하지! 두세 살 적 일을 어떻게 기억하겠는가. 하지만 기억에 없다고 해서 아는 것도 없는 건 아니었다. 들은 적이 있었기 때문이다. 정부가 배양육 산업을 적극적으로 지원하던 과도기 시절, 배양육 가격이 저렴해져 점점 금지육을 구하기 어려워지던 때에 엄마가 큰맘 먹고 비싼 금지육을 파람에게 사다 먹였는데 온몸에 두드러기가 돋고 발악하듯 울어 대는 바람에 기겁하고 응급실에 갔었다는 얘기. 엄마는 몇 번이나 그 얘기를 들려주며 신신당부했다. 절대로, 혹시나 실수로라도 금지육을 먹으면 안 된다고. 돌팔이들이 검사란 검사는 다 해 놓고 정작 알아낸 건 쥐뿔도 없다고. 그게 뭐 좋은 일이라고 신문에 대문짝만하게 났다고.

"정말로…… 금지욕을 췄다고요? 저한테요?"

파람은 떨리는 목소리로 재차 확인했다. 알아챘어야 했는데. 내 약점을 어떻게 이용할지 눈치챘어야 했어. 도대체 무엇에 들떠 있었던 건지 모를 일이었다. 경보음을 무시하고, 경보기를 꺼버린 과거의 자신이 그렇게 생경하게 느껴질 수가 없었다.

"그래. 그러니까 이런 반응이 나타나지."

사장은 표정도, 어조도 변함이 없었다. 파람이 느끼고 있을 감정에 아무 관심이 없는 듯 보였다. 손님들도 마찬가지였다. 그들에게 파람은 그저 하나의 증상일 뿐이었다. 인격을 가진 인간도 아니고, 감정을 가진 인간도 아니고, 생각을 가진 인간도 아닌, 그냥 증상.

부당해. 사람을 이렇게 대할 수는 없는 거잖아.

"이제 네가 특별한 이유, 알겠지?"

누구도 이런 방식으로 특별해지고 싶어 하지 않아요. 파람은 그렇게 말하고 싶었다. 나한테 무슨 짓을 하고 있는지 아냐고, 지금 내 모습을 보면서 정말 일말의 께름칙함도 느끼지 못하냐고 묻고 싶었다. 하지만 태연하다 못해 천진해 보이는 사장의 얼굴을 보자 말문이 막혔다. 파람은 그동안 사장에게 품었던 마음에, 알량한 호기심이나 동경 때문이었다 해도 어떻게든 믿고자 했던 그 마음에 커다란 구멍이 뚫리는 것을 느꼈다.

"미호, 역시 너다워. 항상 이렇게 재미있다니까! 얼른 먹어 보고 싶어서 못 견디겠어."

아이처럼 흥분한 루 영을 원하나 작가가 못 말리겠다는 듯이 흘겨보며 웃었다. 방송에서의 모습과 영 딴판인 사람은 여전히 탠저린밖에 없었다. 따분해 죽겠다는 얼굴. 파람은 그 얼굴이 꿈틀꿈틀 변화를 일으키며 자신을 뚫어져라 쳐다보고 있음을 뒤늦게 알아챘다. 갈피를 못 잡고 마구 흔들리는 나침반의 자침처럼, 관심과 무관심의 양극 사이에서 요동치는 탠저린의 눈빛이 파람을 향해 세차게 꽂혔다.

홧홧 얼굴이 달아올랐다. 저 애도 무대 위 재밋거리 평가하듯 보고 있을까. 아니면 저 말간 얼굴로 나를 한껏 동정하고 있는 걸까. 더욱 비참해진 파람은 고개를 돌려 버렸다. 그런데 하필 시선이 가닿은 자리가 반질반질한 은색 반구형 덮개였다. 깨끗이 닦아 놓은 거울 같은 표면에 파람의 얼굴이 비쳤다. 볼품없이 불그뎅뎅한 얼굴이.

"오프닝 쇼는 이 정도로 할까요?"

사장이 양손을 맞잡으며 말했다. 파람은 이제 다 끝나 버린 것만 같은데 사장은 다음 단계를 알리고 있었다. 참담함을 느끼는 사람은 파람뿐인 듯, 모 실장이 능란하게 음식을 나르기 시작했다. 그날의 서빙은 파람이 아닌, 절도 있는 몸짓으로 테이블 사이를 오가는 모 실장의 몫이었다. 손님들은 모 실장이 내려놓은 접시에서 눈을 떼지 못했다. 아무도 섣불리 손을 움직이지 않았다. 사장이 무슨 말이라도 한마디 해 줘야 식사를 시작할 수 있다는 듯이.

파람은 눈을 질끈 감았다. 덮개에 비친 자신의 얼굴도, 기대감에 취한 손님들의 얼굴도, 기계처럼 서빙하고 있는 모 실장의 얼굴도, 다 보고 싶지 않았다.

하지만 오만하게 울리는 사장의 목소리에 파람은 눈을 다시 떴다.

"오늘은 이걸로 됐어. 훌륭했다."

파람은 천천히 고개를 들어 가장 마주하고 싶지 않았던 얼굴을 똑바로 쳐다보았다. 그리고 악몽에서 깨어나려고 몸부림치는 아이 같은 얼굴로 입을 열었다.

"되기는……."

"뭐?"

"되기는 개코가 돼!"

파람의 외침이 삥 하고 공간을 울렸다.

시간이 흐른 뒤 파람은 그날 그 순간 사장의 표정을 떠올려 보려 애썼지만 아무리 노력해도 떠올릴 수가 없었다. 분명 마주

보았는데도 기억이 나질 않았다. 겨우 찾아낸 것이라고는 얼굴의 잔해였다. 산산조각 나 버린 지그소 퍼즐 같은 얼굴. 하지만 조각들을 끼워 맞출 생각은 없었다. 얼굴을 깨부순 사람이 다름 아닌 자기 자신이었으니까. 고통이든 뭐든 그것이 남의 것이라면 전혀 느끼지 못하는 사람의 얼굴을, 파람은 도저히 감당할 수가 없었다.

파람은 기억 속 파편이 될 얼굴에서 시선을 거두고 몸을 돌렸다. 식당을 빠져나가는 길만은 부서짐 없이 이어져 있길 바라며.

뜨은맛

개코…… 느닷없이 귀에 꽂힌 속된 말을 입 속으로 중얼거리는 탠저린의 얼굴에 미소가 번졌다. 그래, 그 말이 맞지. 개코, 되기는 뭐가 돼.

탠저린은 웃는 낯을 숨기고 슬쩍 좌중을 둘러보았다. 헤븐의 주인공이 뛰쳐나가 버린 데 신경을 쓰는 사람은 없었다. 애초에 아무도 노파람이라는 아이를 주인공으로 생각하지 않았을 테니까. 헤븐에 모인 손님들은 주인공의 삶에 익숙해진 사람들이었다. 사랑을 받든 욕을 먹든 관심받는 데 길들여진 사람들. 그런 삶에 이골이 났을지라도 그런 삶을 포기할 수는 없는 사람들.

"이거 정말……."

식기류가 부딪치는 소리만 짜랑짜랑 울리는 실내에 황 선생의 목소리가 낮게 깔렸다. 막 금지육 한 점을 정성스레 씹어 삼킨 황 선생은 포크와 나이프를 테이블 위에 살며시 내려놓고 의자 등받이에 몸을 기댔다.

"훌륭하네요. 제가 어릴 적에 집안에서 거래하는 목장이 있었는데, 이 고기를 먹으니 거기서 받아 먹던 고기 맛이 생각나는군요. 참 안타깝죠. 아무리 보상금을 받았다곤 하지만, 대를 이어서 하던 전통 있는 목장이었는데……."

"저도 그 점이 항상 불만이었어요. 저 어릴 때는 목장 견학도 많이 다니고 그랬는데. 얼마나 좋은 추억이었게요. 동물 복지 인증을 받은 목장도 많았는데 이제는 다 사라져 버렸죠."

엄마가 황 선생의 말에 맞장구를 치며 고개를 절레절레 흔들었다. 하도 들어서 아주 인이 박인 소리였다.

"아무튼 그곳 맛과 똑같아요. 살아 있는 맛입니다."

죽은 소의 살점을 두고 살아 있는 맛이라니. 황 선생이 음식의 역사나 조리법에 조예가 깊은 미식가라고 칭송이 자자하던데, 그런 사람 입에서 나온 표현치고는 너무 시시한 거 아니야? 탠저린은 속으로 코웃음을 쳤다. 하지만 황 선생의 극찬이 다른 손님들에게 영향을 미치리라는 건 자명한 사실이었다.

그때 공미호가 황 선생의 평에 반색하며 나섰다.

"그러고 보니 황 선생님은 육회를 좋아하신다고 들었는데. 언젠가 꼭 한번 대접하고 싶네요. 워낙 여기저기 멀리서 공수하다 보니 쉽지는 않겠지만."

"아니아니, 지금도 훌륭합니다. 죽기 전에 추억의 맛을 다시 맛

볼 수 있어서 얼마나 다행인지 몰라요."

"그게 무슨 말씀이세요. 앞으로 다양한 부위를 많이 선보일 텐데 다 드셔 봐야죠. 아직 한창이시면서."

"허허, 공 사장이나 그렇게 보지 다른 사람들 생각은 달라. 나 정도 나이 먹으면 은퇴 얘기도 나오기 마련이고. 솔직히 일이라도 안 하면 얼마나 적적할까 걱정했는데……. 오늘 보니 이렇게 좋은 분들과 좋은 식사 즐기며 여유롭게 사는 것도 괜찮을 것 같네요."

탠저린은 두 사람의 얘기를 흘려들으며 금지육을 썰었다. 다들 지금 이거 먹겠다고 무슨 비밀 작전이라도 수행하듯 몰래 모인 거란 말이지? 영 내키지 않으면서도 한편으로는 궁금했다. 도대체 얼마나 대단하길래. 조심스레 한 점을 입 안에 넣고 씹었다. 기분 탓인지 몰라도 늘 먹던 배양육과는 다른 것 같기도 했다.

"미호, 근데 진짜 이거 어떻게 구한 거야? 굉장히 신선한데!"

맞은편에 앉은 아빠가 상기된 표정으로 목소리를 높였다. 아빠는 벌써 접시 위의 금지육을 절반이나 해치워 버린 상태였다. 탠저린은 입 안에 남은 맛을 물로 헹궈 내며 생각했다. 아빠 말대로 이게 정말 신선한 맛인지도 모르지. 하지만 그런 신선함이 누군가에겐 해가 되었다. 노파람 같은 아이에게.

"그건 말할 수 없지요. 영업 비밀이니까요."

공미호가 눈을 내리깔고 묘한 미소를 지으며 말했다.

"아니, 너무 궁금해서 그래! 도대체 어디서 이렇게 기가 막힌 고기를 찾아낸 거야?"

아빠 입에서 나오는 의문문의 대부분은 사실 별로 궁금하지도 않으면서 던지는 질문들이었다. 공미호도 그 점을 모르지 않는 듯했다.

"여러분, 저희 헤븐은 최고 품질의 상품만을 공급하기 위해 수단과 방법을 가리지 않는답니다."

"그래, 뭐. 미호는 언제나 기산청외한 일들을 척척 해내곤 하니까."

"기상천외야, 아빠."

앗, 이런. 나도 모르게 말이 튀어나왔네. 탠저린은 슬그머니 엄마의 눈치를 보았다.

"탠저린, 아빠는 외국인이잖아. 아무리 공부해도 너처럼 한국어 영어 둘 다 잘할 순 없어."

아니나 다를까, 엄마가 잔소리를 했다.

"누가 뭐래? 그냥 틀린 거 가르쳐 주는 거지."

"틀린 걸 꼭 지적할 필요는 없다고 했잖아."

왜 틀린 걸 지적하면 안 되는데? 탠저린은 동의할 수 없었다. 하지만 바로 반박하지는 않았다. 여기서 싸워 봤자 누가 이길지는 뻔했으니까.

"우리 딸이 이래. 어릴 때부터 얼마나 까다롭게 구는지. 먹는 것도 말이야. 말도 잘 못하는 어린애가 금지육, 배양육 구별을 귀신같이 하더라니까. 배양육은 입에 넣어 줘도 죄 뱉어 내고. 가짜 고기는 싫다 이거지."

모녀 사이 감도는 긴장감을 풀어 줄 사람은 자신밖에 없다는 듯이, 아빠가 나섰다. 다정하고 장난스러운 미소. 아빠가 미소를 지을 때마다 탠저린은 마음을 다잡아야 했다. 루 영이 젊은 나이에 일약 할리우드 스타로 떠오른 이유를 대라 하면 모두들 훤칠한 외모와 탄탄한 연기력을 꼽겠지만, 사실 사람들의 마음을 움직인 건 어느 풋풋한 청춘 영화에서 보여 주었던 빛나는 미소일 것이다. 세상 사람들을 홀리고, 엄마와 탠저린도 꼼짝 못 하게 만드는 그 미소. 이제는 아빠도 나이가 들어 중년의 풍모가 과거 앳된 청년의 모습을 뒤덮어 버렸지만, 그 미소만큼은 조금도 변하지 않은 채 날마다 힘을 발했다.

아빠의 미소에 마음이 녹은 엄마가 한결 부드러워진 표정으로 말했다.

"애 입맛에 맞는 고기를 찾기까지 얼마나 힘들었는지 몰라요. 동물의 권리라든가, 환경 생각을 안 하는 건 아니지만 너무 강제로 먹을거리에 대한 선택권을 박탈당한 기분이 든달까. 저희 어릴 적만 해도, 정말 상상도 못 했던 일이잖아요."

"공감합니다. 내가 못 먹는 건 괜찮다 쳐도 가족은……. 제 처
가 떠나기 전에 옛날 그 맛이 그립다며 우는데, 그 소원 하나를
못 들어주었죠."

엄마의 푸념에 황 선생이 넋두리 같은 말을 얹었다.

"제가 이 사업을 좀 더 일찍 시작했다면 도움이 되었을 텐
데……."

"공장식 축산과 가축 도살의 역사는 결코 다시 반복되지 않을
것이다. 이게 저들이 하는 말이죠. 하지만 역사는 원래 반복되는
법이잖아요? 어떻게 영원히 자연의 순리를 무시할 수 있겠어요?"

공미호와 엄마의 말이 위로라도 되었다는 듯이 황 선생이 쓸
쓸히 웃었다. 탠저린은 그런 분위기가 왠지 거북했다. 때마침 쨍
하고 분위기를 깨는 소리가 나지 않았더라면 먹은 것이 다 얹힐
뻔했다.

"양이 너무 적어."

제우스가 텅 빈 접시 위에 포크와 나이프를 던져 놓고 투덜
거렸다.

"그런 거 같네."

공미호가 그럴 줄 알았다는 듯 낮게 웃으며 말했다.

"들여오는 양이 적어서 그런 거라면, 내가 다 사 버리면 안 돼?"

다른 손님들은 신경 쓰지 않는다는 듯한 태도에 황 선생은 헛기침을 하고 엄마는 얼굴을 찡그렸다.

"이 사업엔 규칙이 있다고 하지 않았나요, 공 사장님?"

엄마가 따지듯 물었다.

탠저린은 새어 나오는 속웃음을 가까스로 눌러 냈다. 지적을 못 참는 내 성격은 엄마한테 물려받은 거 같은데.

"그럼요. 이런 사업엔 규칙이 아주 중요하죠. 규칙이 무너지면 신뢰도 무너지니까요. 제우스는 그저 음식이 맛있다는 걸 돌려서 말한 것뿐이니 너무 괘념치 마세요. 맞지, 제우스?"

공미호는 자신이 제우스를 잘 다룰 수 있다고 생각하는 것 같았다. 정해진 장소, 정해진 시간, 정해진 사람, 정해진 식사. 그리고 그 모든 정해진 것들에 대한 비밀 엄수. 공미호는 재차 헤븐의 규칙을 강조했다. 그러자 제우스가 못 이기는 척 미적미적 양손을 펴 들어 보였다.

"자, 이제 여러분은 남은 음식을 즐기면서 각자 추천할 손님을 생각해 주세요. 당연히, 우리의 규칙을 기꺼이 존중하고 따를 분이어야겠죠. 앞으로 소중한 시간을 함께하게 될 테니 신중하게 골라 주셔야 해요. 말 안 해도 어련히 알아서 조심해 주시겠지만."

공미호의 말에 손님들의 표정이 이내 진지해졌다. 마음 놓고 비밀을 공유할 수 있는 사람을 찾는 일이 쉬울 리 없었다. 자신들의 안위와 직결된 문제이니 신중에 신중을 기해야 하리라. 그런데 그 모습이 왜 그렇게 우스꽝스러워 보이는지 모를 일이었다. 탠저린의 눈엔 그저 들킬까 봐 전전긍긍하는 모습으로밖에 보이지 않았다.

하지만 제일 탐탁스럽지 않은 사람은 공미호였다. 탠저린의 눈에 공미호는 속 검은 도박사처럼 보였다. 어릴 적부터 어른들의 비즈니스 세계에서 분투하며 자라서일까. 탠저린은 속물이나 사기꾼 골라내는 눈만큼은 누구에게도 뒤지지 않을 자신이 있었다. 도대체 어른들은 왜 그렇게 잘도 사기꾼에게 속아 넘어가는 걸까. 눈에 빤히 보이는 음험함을 못 보고 상대의 축축한 손을 덥석 잡아 버리다니. 한심해. 공미호가 준비한 시간은 얼마나 별 볼 일 없으며 모인 사람들은 또 하나같이 어찌나 하찮은가.

노파람 그 아이는 우리를 경멸해야 마땅해.

순간 입 안 가득 거칠고 개운하지 못한 맛이 느껴졌다. 탠저린은 목구멍까지 파고드는 꺼림칙한 그 맛을 천천히 음미해 보았다. 설익은 과일을 베어 문 뒤 쉬이 사라지지 않는 잔맛처럼 아무리 침을 삼켜도 입 속에 달라붙어 끈질기게 버티는 맛이었다.

떫어.

탠저린은 텁터름한 입내에 인상을 찌푸리면서도 입을 헹궈 낼

생각을 하지 않았다. 조금 더 시간을 두고 맛보고 싶었다. 깨질까
봐 혀로 살살 굴려 가며 녹여 먹는 떫은맛.

파람이라는 존재가 떫은맛으로 각인되는 순간이었다.

∞

"그거 말이야. 역시 풍미가 다르긴 하더라. 안 그래?"

집으로 돌아가는 차 안에서 엄마가 말했다.

"다르지, 그럼. 배양육으로는 그 맛을 흉내 낼 수가 없지."

아빠도 아주 흡족한 듯이 맞장구쳤다.

"비싼 돈 주고 몰래 가서 먹는 건데 당연히 그래야겠죠."

뒷자리에 앉아 창밖만 쳐다보던 탠저린이 짜증스럽게 쏘아붙
이자 아빠가 왜 그러냐 묻는 얼굴로 돌아봤다. 탠저린은 팔짱을
낀 채 아빠를 힐끗 쳐다보고는 다시 창밖으로 시선을 돌렸다.

"탠저린, 그런 말은 그만하랬지."

엄마는 마치 탠저린이 상스러운 말이라도 했다는 듯이 꾸짖
었다. 탠저린은 엄마가 왜 그렇게 발끈하는지 잘 알았다. 금지육
을 먹었다는 이야기가 어디 새 나가기라도 한다면 엄청난 비난
을 받게 될 것이다. 엄마는 이게 뭐 그리 잘못된 일이냐며 내내
별일 아닌 듯이 굴었지만 한편으로는 사람들의 뒷발길을 두려
워하고 있었다.

"왜요? 다들 그거 먹고 싶어서 안달복달하니까 재밌던데. 그 사장도 아주 기고만장하고."

"오, 탠저린. 미호 스타일이 원래 좀 그래. 별나고, 드세고, 거침이 없지. 동업자는 많지만 친구는 없고. 기댈 곳 없이 뭐든 혼자 해 버릇해서 그런가……. 그게, 미호 부모님이 일찍 돌아가셨거든. 미호가 미국 살 때니까 스물몇 살밖에 안 됐을 때지. 얼마나 힘들었겠어."

칭찬인지 아닌지 긴가민가한 말투로 아빠가 말했다.

"그래도 유산이 꽤 있었다면서."

엄마가 은근한 목소리로 말을 얹었다.

"응. 그거라도 없었으면 입양한 지 얼마 안 된 대여섯 살짜리 동생까지 데리고 어떻게 버텼겠어."

"아무튼 미호 씨는 더 엉뚱해진 거 같아. 그 쇼도 그렇고."

"그러니까 미호가 하는 일이 항상 재미있는 거지. 게다가 손댄 거마다 다 잘됐잖아. 스포츠 마케팅 회사도 그랬고, 저예산 영화 제작한 것도 대박 났고."

"맞아. 보는 눈이 있나 봐."

보는 눈이라. 틀린 말은 아니었다. 사실 탠저린도 미호가 제작했다는 영화를 찾아서 본 적이 있었다. 한동안 그 영화를 안 보면 대화에 낄 수 없을 정도였으니까. 제작 발표 당시만 해도 그 정도로 히트할 거라고는 아무도 예상하지 못했는데.

"리스크 감수하고 밀어붙이는 힘도 있지. 왜, 제우스도 스캔들 날 때마다 미호가 잘 커버해 주었잖아. 더 세게 나가거나 역공하거나 하면서."

"자기, 그때 기억나? 언젠가 미호 씨가 그랬었잖아. 한국에서 재미있는 일을 벌여 볼 생각이라고. 그게 이런 일일 줄은 꿈에도 몰랐지."

"어쩌면 내가 아이디어를 줬는지도 모르지."

"무슨 아이디어?"

으쓱대는 아빠를 엄마가 호기심 어린 눈길로 쳐다보았다. 미심쩍긴 했지만 탠저린도 어물쩍 귀를 종그렸다.

"미호한테 얘기한 적이 있거든. 흔한 기회는 아니지만 영화 촬영 때문에 그런 나라……를 가게 되면……."

뭐야. 이제 와서 내 눈치는 왜 봐. 탠저린의 눈을 피하며 가볍게 헛기침을 한 아빠가 말을 이었다.

"음. 뭐 꼭 옛 맛을 찾게 되더라, 그렇게 말한 적이 있지."

난 또 뭐라고. 설마 아빠가 한 말 때문에 공미호가 사업을 시작했을까. 그 말 때문에 초대를 받았을 수는 있어도.

어쩌면 다른 손님들 역시 아빠와 비슷한 계기로 헤븐에 초대된 건지도 모른다는 생각이 들었다. 다들 스스로 빌미를 흘렸으리라. 공미호는 냉큼 그걸 이용해 먹었고. 하여튼 공미호란 사람……. 금지육을 팔 생각을 한 것도 그렇고, 손님들을 불러 모은 방식도 그렇고, 도무지 믿음이 가지 않았다.

"말 잘했네. 덕분에 멀리 가지 않고도 즐길 수 있게 됐잖아. 그리고 탠저린……."

아빠를 칭찬하고 나서, 엄마는 여전히 탠저린의 태도가 맘에 걸리는 듯 눈살을 찡그렸다.

"다음에 가면 애티튜드 좀 어떻게 해 봐. 엄마가 항상 그랬지. 아무리 싫어도 예의는 지켜야 한다고."

"내가 언제 다음에도 같이 간다고 했어요?"

"탠저린, 담엔 안 가려고?"

무슨 큰일이라도 난 것처럼 눈을 똥그렇게 뜬 아빠를 향해 탠저린은 입술을 쪼뼛 내밀어 보였다.

"안 간다고도 안 했어요."

"에이, 그럼 가는 거지."

"그래. 너만 빠지면 다른 손님들이 뭐라고 생각하겠니?"

그냥 다른 사람들이 뭐라고 생각하는지 신경 끄고 살 수는 없을까. 탠저린이 한숨을 내쉬자 아빠가 사랑스럽고 약해 빠진 미소를 지으며 말했다.

"우린 한 팀이야, 탠저린."

또다, 또. 아빠는 언제나 자신의 미소가 먹히는 걸 안다. 탠저린은 살그머니 눈을 내리깔았다.

보이는 게 다가 아니라고. 아무리 아름다워도, 아무리 예쁘게 웃어도 그게 전부는 아니야.

엄마 아빠가 남들 눈에 보이는 것만큼 기품 있고 꾸밈없는 사람들이라면 남들의 눈을 피해 가며 헤븐을 찾지도 않았을 것이다. 소수의 선택받은 사람들만 누릴 수 있다는 말에 혹하여 상률을 거스르면서까지 그 혜택을 누리려고 들지도 않았을 것이다. 무엇보다 반감이 드는 부분은 그런 가식적이고 속물적인 모임에 탠저린까지 끼워 넣으려 한다는 점이었다.

하지만 탠저린은 현실을 잘 알고 있었다. 아빠가 입버릇처럼 우리는 한 팀이라고 말하는 이유도 잘 알았다. 셋 중 누구 한 명이라도 말썽에 휘말린다면 세 사람 모두에게 치명타가 될 테니까. 탠저린도 그런 상황은 원하지 않았다. 그럼에도 불구하고…….

종종 분했다. 팀 내 자신의 자리가 어디인지는 분명했다. 탠저린은 최약체였다. 그리고 그 권력 구조는 좀처럼 바꾸기 힘들 터였다.

"같이 가는 거지?"

아빠의 목소리가 귓가를 간지럽혔다. 탠저린은 입을 꾹 다문 채 그딴 식당 확 망해 버렸으면 좋겠다고 생각했다.

난 엄마 아빠와는 달라. 겉과 속이 다른 채로 살지도 않을 거고, 거짓으로 내 삶을 꾸며 대지도 않을 거야. 나만 특별한 양 나는 그래도 된다고 으스대지도 않을 거라고.

"당연히 같이 가야지. 잘 생각했어."

엄마는 언제나 혼자 맘대로 대화의 결론을 내어 버린다. 이 팀 내에서 침묵은 결코 유리한 고지를 차지할 수 있는 전략이 아니었다. 탠저린은 의자 등받이에 몸을 파묻고 혼잣속으로 투덜거렸다.

내 기를 꺾고 말을 따르게 만들었다고 생각하겠지만, 절대로 한 팀이니 어쩌니 해서 가는 게 아니야. 어쨌든…… 나도 가려고 했다고. 나한텐 다른 이유가 있으니까. 헤븐에 다시 가 보고 싶은 이유가. 다시 한번 보고 싶은 사람이…….

탠저린의 머릿속에 파람의 얼굴이 선명하게 그려졌다. 그러자 불현듯 한 번도 가져 보지 않았던 마음이 송송 움텄다.

나만의 팀을 만들면 어떨까. 내 의지와 상관없이 어쩔 수 없이 속한 팀이 아닌, 진짜 내 팀을.

가슴속 생된 바람이 나스르르 일어났다. 부모님에게는 절대 말하지 않을 바람이었다.

대체로 기쁜 일

"이게 뭐예요?"

사무실 문이 열리자마자 파람이 휴대폰을 들이밀며 물었다. 앞뒤 없이 다짜고짜로 따지긴 했지만 계좌에 들어온 돈에 대해 묻는 말임을 사장도 모르지 않을 터였다.

사장은 문 앞에 놓인 파람의 짐 가방을 눈으로 훑고는 나릿하게 팔짱을 끼며 대답했다.

"일을 했으면 페이를 받아야지."

"전 여기서 일 안 할 거예요."

"그래? 그래도 지금까지 일한 건 받아야 할 거 아니야."

"그치만 이건……."

파람이 낮게 숨을 내쉬고 이어 말했다.

"이건 너무 많아요."

솔직히 식당을 박차고 나온 순간엔 신고해 버릴 작정이었다. 하지만 그 각오는 입금 문자를 확인하자마자 보기 좋게 깨져 버

렸다. 생각보다 많은 액수에 아주 잠깐 횡재한 기분까지 들 정
도였으니까.

"왜 많다고 생각하지? 넌 충분히 그만큼 한 거 같은데?"

사장이 부러 의아한 표정을 꾸며 보이며 말했다.

"내가 말했잖아. 네 약점을 사겠다고. 그건 네 노동력만 빌리는
것과는 달라. 물론 그 금액이 부담스럽다면 알아서 시급 계산하
고 돌려줘도 돼. 그렇게 하고 싶니?"

사장의 입가에 배릿한 웃음이 서렸다.

분하고 약이 올랐다. 당장이라도, 당신이 주는 돈은 단 한 푼
도 필요 없다며 호기롭게 외치고 돌아서고 싶었다. 하지만 사장
은 파람이 그러지 못할 것을 아는 듯 여유를 부렸다. 파람의 작
은 손에 잃으면 아쉬울 것을 쥐여 준 사람. 파람이 듣고 싶어 하
는 말과 파람을 흔드는 말을 정확하게 구사하는 사람. 파람은 사
장에게 얕보일 수 있는 사람이었지만 사장은 파람이 얕볼 수 있
는 사람이 아니었다.

"오늘 좀 당황했을 수는 있어. 그게 내 스타일이라."

사장이 자세를 바꾸어 파람을 다독이듯 말했다.

"근데 말이야, 나만큼 네 약점을 후하게 쳐주는 사람이 또 있
을까?"

"그게 다 무슨 소용이에요? 여기서 하는 일 전부……."

"전부 어떤데?"

"……해서는 안 되는 짓이잖아요."

"그건 생각하기 나름이지."

사장은 다시 한번 파람의 짐 가방에 시선을 주며 덧붙였다.

"모든 건 생각하기 나름이야. 한 가지는 확실하지. 우리가 계속 같이 일해도 너한테 피해가 갈 일은 절대로 없을 거라는 거. 그건 약속할게."

약속? 사장의 입에서 흘러나온 약속이라는 단어를 듣는 순간 파람은 심한 거부감을 느꼈다. 사탕발림한 술수에 다시는 넘어가지 않으리라.

"사장님이 생각하는 피해랑 제가 생각하는 피해가 다른 거 같네요."

"흐음."

사장은 뭔가를 가늠하는 표정으로 파람을 쳐다보았다. 마치 파람의 속마음을 손바닥 위에 놓고 재는 듯한 얼굴이었다.

"그럼 내 쪽으로 생각하려고 노력해 봐. 다 생각하기 나름이라니까."

그냥 떠나 버릴 걸 그랬다. 뭘 기대하고 여길 찾아왔을까. 구차하고 초라하게. 사장의 입에선 그 어떤 해명의 말도, 사과의 말도 나오지 않을 터였다.

"더 생각할 필요도 없어요."

파람은 단호함에서 거리가 먼, 다소 힘 빠진 목소리로 웅얼거렸다. 간파당하기 딱 좋은 목소리였다.

"그래. 그럼 내일 일찍 가. 아침에 택시 불러 줄게."

아쉬울 것 하나 없다는 듯 사장이 말했다. 밀어낼 때와 당길 때를 확실히 아는 사람다웠다.

"그럼 이만. 밀크티가 식을 것 같아서 말이야."

뒤돌아서는 사장의 얼굴에 여유로운 미소가 스쳐 지나갔다. 작별과는 전혀 어울리지 않는 얼굴이었다.

∞

"태워 줄까요?"

가벼운 걸음으로 나타난 모고진 실장이 별일 아니라는 말투로 물었다. 파람이 어둑한 주차장 구석에 옹송그리고 앉아 망연히 휴대폰 화면 속 액수에 시선을 고정하고 있을 때였다.

"올 때 데리고 왔으니 갈 때도 데려다줘야지."

서둘러 보내 버리려는 사람처럼 모 실장은 파람의 대답도 기다리지 않고 차 트렁크를 열며 재촉했다.

"그렇게 미적대면 나 마음 바뀔지도 몰라요."

망설이는 파람을 향해 모 실장이 다가왔다. 실장은 군더더기 없는 몸짓으로 파람의 짐 가방을 끌고 가 트렁크에 실었다. 파람은 얼떨결에 차에 올라탔다.

"이제 집에 가면 뭐 하려나."

모고진 실장이 경쾌한 어조로 물었다.

"잘 모르겠어요."

"왜요, 주머니도 두둑해졌는데."

처음으로 느껴 보는, 통장이 꽉 찬 느낌……. 단 한 푼도 허투루 사용하지 않을 생각이었지만 그 돈으로 할 수 있는 많은 것들을 상상하면 공연스레 마음이 설레기도 했다.

"보수가 꽤 괜찮죠?"

보수가 괜찮은 덴 다 이유가 있다. 파람은 그 돈에 자신이 겪은 모욕에 대한 대가는 물론이고 침묵의 대가까지 포함되어 있음을 알아차리지 못할 정도로 순진하지 않았다. 그래서 찜찜한 마음을 좀처럼 떨쳐 버리지 못했다.

"그게…… 다 받아도 되는지 모르겠어요."

"당연히 받아야죠. 원한다면 더 받아도 되고."

더 뜯어내라는 소리일까, 아니면 계속 일해서 더 챙기라는 소리일까. 파람은 후자에 무게를 두고 물어보았다.

"혹시 실장님도 제가 더 일하길 바라세요?"

"내가 왜요?"

모 실장이 무안을 주듯 반문했다.

"그냥 그런 느낌이 들어서요."

파람도 지지 않고 대꾸했다. 모 실장이 공미호와 한통속이라는 걸 알면서도 이 모든 일에 동조하진 않았을 거라는 생각에 미련이 남았다. 잠시 침묵이 흘렀다. 모 실장은 생각에 잠긴 듯 핸들에 올린 손가락을 까닥거렸다.

"솔직히 말하면 난 아무 바람도 없어요. 사장님 뜻에 맞춰 드리는 게 내가 할 일이지. 그런데 말이에요. 하나 신경 쓰이는 건 있어요."

파람은 잠자코 귀를 기울였다.

"내가 혼자서 미국에 갔을 때 종잣돈이 좀 있었다면 얼마나 좋았을까 하는 생각이 들더라고요. 몇 푼 쥐고 시작하는 거랑 땡전 한 푼 없는 거랑은 엄청난 차이가 있으니까요. 파람 학생도 알겠지만 모 씨 집안이나 노 씨 집안이나 사정이 괜찮은 사람은 눈 씻고 보려야 볼 수 없고, 자기 살길은 자기가 알아서 찾아야 하는데 그게 쉬운 일은 아니죠."

모 실장의 말 한마디 한마디가 파람의 가슴에 절절히 와닿았다. 파람 역시 앞날 생각만 하면 한숨부터 나왔으니까.

"내 입으로 말하긴 좀 그렇지만, 난 사장님을 잘 알아요. 이번 사업을 구상할 때도 바로 눈치챘죠. 뭔가 부족하다는 걸. 그래서 이래저래 고민하다가…… 딱 떠오른 사람이 바로 파람 학생이었어요. 어릴 적에 뉴스에 오르내린 사연도 익히 알고 있었고, 우리 모란 캐릭터도 모르는 바 아니니……. 뭐, 그 외에도 당연히 이런저런 조사를 해 봤죠."

우리 집 뒷조사까지 했다는 건가. 털어 봤자 나올 만한 것도 없지만 없어도 너무 없었을 거라 생각하니 얼굴이 화끈거렸다. 가만, 그런데 지금 이 상황은 부끄러워할 게 아니라 화를 내야 하는 거 아닌가? 더군다나 그 말도 안 되는 아이디어를 사장에게 귀띔한 사람이 모 실장이었다니. 모 실장에게 미련을 두었던 자신이 한없이 미련스럽게 느껴졌다.

"어쩌면 파람 학생은 기회를 소중히 여기는 사람일 수도 있겠다는 생각이 들었죠. 설령 그닥 내키지 않는 일이라도……."

"실장님처럼요?"

제법 날 선 어조로 말을 던졌지만 모 실장은 조금의 타격도 받지 않은 듯이 보였다.

"그닥 정도가 아니에요. 솔직히 말도 안 되는 일이잖아요."

"뭐가 그렇게 말이 안 된다는 거죠? 배양육이 세상에 나온 지 얼마나 됐다고. 우리가 배양육만 먹기 시작한 건…… 아마 파람 학생 세 살 때부터였죠?"

그쯤이었다. 파람이 태어나던 해 국제협약이 비준되고 나서 몇

년의 적응기를 거쳤으니까. 도축한 고기는 이제 이 땅에서 사라진 줄 알았는데, 하필 먹으면 탈 나는 사람이 먹어 버렸다니. 파람은 아랫입술을 지그시 깨물다 말했다.

"도축한 고기를 먹는 건 야만적이고 미개한 짓이에요."

"여전히 가축을 키우고 도축하는 나라가 수두룩해요. 그 사람들이 다 야만적이고 미개하다는 건가요?"

"그건……."

"배양육 기술이 없는 나라들을 생각해 봤나요? 처음엔 수입산 배양육이 싸니까 좋을 수 있겠죠. 하지만 어느 날 갑자기 회사들이 배양육 가격을 올려 버린다면 어떻게 될까요?"

"하지만 배양육 덕분에 식량난을 해결한 나라도 많잖아요. 그리고 아무리 그래도…… 계속 그렇게 먹을 순 없어요."

"왜죠?"

"환경에도 안 좋고 동물 윤리에도 어긋나니까요."

"학교에서 잘 배웠네."

파람은 다시 한번 단호하게 말했다.

"그걸 먹여 놓고 어떤 반응이 나타나는지 구경하는 짓은 더 나빠요."

"부당하다고 느끼면 거부할 수 있죠. 이것도 잘 배웠네."

말하는 족족 다 긍정해 버리니 더 보탤 말이 없었다.

"강요하는 사람은 아무도 없어요. 사장님은 제안을 했을 뿐이지, 선택은 파람 학생의 몫이니까요. 다만 한 가지, 사장님이 약속하신 게 있다면 그건 믿어도 좋아요."

너한테 피해가 가는 일은 없을 거야. 파람은 사장이 했던 말을 떠올렸다.

"살다 보면 약속을 하고도 그렇게 지켜 내는 사람은 별로 없다는 걸 알게 될 거예요."

모 실장은 뭔가 강조하고 싶을 때 외려 더 덤덤하게 말하는 듯했다. 그 말투가 파람을 흔들었다. 받아들여도 될 만한 현실적인 조언처럼 느껴졌다. 그래, 평생 옳은 일만 고집하며 살 수 있을까? 내키지 않아도 적당히 눈감고 타협하면서, 알고 보면 다들 그렇게 살고 있는 거 아닐까? 다시 머릿속이 복잡해졌다.

그때 휴대폰 진동이 울렸다. 엄마의 메시지였다. 그러고 보니 집에 간다는 연락도 안 했네. 파람은 얼른 답을 보내야겠다는 생각에 메시지 창을 열었다가 얼음처럼 굳어 버리고 말았다.

— 파람아. 혹시 오늘 페이 받았니?

— 왜?

— 엄마가 사실은 요즘 운전 연수를 받고 있거든.

— 장롱면허가 갑자기?

— 꼭 가고 싶은 공장이 있는데, 거리가 좀 되고, 대중교통으로 가기는

어려워서…….

— 공장? 새 일자리야?

— 응. 거기 다니는 사람이 그러는데, 조건도 괜찮고 같이 일하는 사람들도 정말 좋대. 안정적으로 오래 일할 수 있을 거 같아. 엄마 거기 꼭 다니고 싶어.

— 근데 연수를 받으면 뭐 해? 차도 없는데.

— 있잖아, 엄마 아는 사람이 자기가 몰던 차를 팔겠다는데, 그게 너무 말도 안 되게 싼 거야. 그래서…… 진짜진짜 미안한데…….

표정도 보이지 않고, 목소리도 들리지 않지만 파람은 엄마가 정말로 미안해한다는 걸 느낄 수 있었다. 하지만 솔직한 심정으로는 엄마의 진심 따위 알고 싶지 않았다.

근데…… 엄마가 어떻게 오늘 페이 받은 걸 알고 있지? 누가 말해 준 건가?

파람은 모고진 실장의 옆얼굴을 빤히 쳐다보았다. 파람의 시선을 느낀 실장이 희미하게 웃으며 말했다.

"가족을 돕는 건 대체로 기쁜 일이죠. 안 그래요?"

대체로. 실장은 냉소적인 의미로 한 말 같았지만 파람은 마음이 뜨끔거렸다. 대체의 사람들에게 기쁜 일이 자신에게는 전혀 기꺼운 일이 아니었기 때문이다.

"혹시…… 예전에 엄마를 도와주신 적 있어요?"

"무슨 일이 있었든 그건 란이와 내 문제예요. 파람 학생과는 아무 상관 없는."

역시 그랬던 것이다. 엄마는 모고진 실장에게 돈을 빌렸고, 아마도 아직 갚지 못했을 확률이……. 머리가 지끈거렸다. 하지만 언제나 그랬듯 화만 내고 있을 수는 없었다. 화만 내고 싶은데, 그럴 수가 없었다. 엄마는 늘 제대로 된 기회를 잡기 위해 발버둥 쳤다. 가장 가까이에서 안간힘 쓰는 엄마의 모습을 지켜봐 온 목격자이자 안쓰러운 엄마 인생의 증인인 파람은 불운한 사람에겐 도움이 필요하다는 사실을 아프게 체득하며 자랐다. 때문에 도저히 엄마를 외면할 수가 없었다. 하지만 이렇게 번 돈을 전부 엄마한테 주고 나면, 나는 어쩌지?

수모 끝에 번 돈이 손가락 사이로 빠져나갈 걸 생각하니 허탈하면서도 울컥했다. 억울하고 분했다. 서러운 기분까지 들려는 찰나, 모고진 실장이 말했다.

"아직 기회가 있다는 거 알죠?"

파람은 실장의 말뜻을 바로 알아들었다. 실장은 파람에게, 기회를 소중히 여기는 사람이 되라고 말하고 있었다. 자존심만 앞세웠다가는 두고두고 후회할 수 있다고 경고하고 있었다.

파람은 선뜻 어떤 대답도 내놓을 수 없었다. 실장에게도, 엄마에게도. 그저 메시지 창 키보드만 만지작거리고 있는데 엄마가 또 메시지를 보냈다.

— 아무래도 어려울까……? 미안. 엄마가 괜한 말을 했나 봐.

아, 진짜. 자꾸 미안하긴 뭐가 미안해. 엄마의 약한 소리에 파람의 마음도 약해졌다.

— 어렵긴. 좀 있다 입금할게.

생각보다 말이 먼저 나가 버렸다. 우물쭈물하다가는 세상에서 가장 초라한 모녀가 될 것 같아서. 호기롭게 굴고 싶은 마음은 없었지만 쥐뿔도 없는 주제에 호기마저 없으면 너무 치사해 보일 것 같았다.

— 정말? 오오, 땡큐!

엄마의 답이 총알처럼 빠르게 도착했다.

— 엄마 취직해서 꼭 두 배로 갚을게. 네 통장도 다시 채워 넣을게. 그리고 너 알바 끝나면 엄마가 차 몰고 데리러 갈게. 약속! 진짜 약속!

엄마의 들뜬 마음이 고스란히 느껴지는 메시지였다. 파람은 휴대폰 화면을 끄고 한숨을 내쉬었다.

좋은 쪽으로 생각하자.

파람은 머릿속 생각의 방향을 바꾸기 위해 애썼다. 엄마에겐 없었던 기회가 내게 왔다고, 오직 나만이 붙잡을 수 있는 소중한 기회라고. 이 기회를 붙들면 엄마와는 다른 사람이 될 수 있을 것 같았다. 엄마를 닮지 않은 채로 엄마를 사랑하기만 할 수

있을 것 같았다. 그러면 사랑하는 사람을 도울 때도 오롯이 기쁨
만 느낄 수 있겠지…….

파람은 무릎 위 두 손을 꼭 쥐었다.

"구경거리 되는 건 싫어요. 그건 안 하게 해 주세요."

"그건 사장님이랑 얘기해 보도록 해요."

모고진 실장이 사뭇 부드러운 목소리로 대답했다.

파람은 조용히 마음을 다잡았다. 정신 똑바로 차려, 노파람. 무
엇에도 틈을 보이지 마. 다시는 경보기를 끄면 안 돼.

이윽고 두 사람을 태운 차는 다시 헤븐으로 향했다.

∞

숙소는 마치 아주 오랫동안 사람이 없었던 공간처럼 끈적한 적
막으로 얼룩져 있었다. 고작 몇 시간 비웠을 뿐인데. 방 안 고요
함의 무게가 파람의 가슴 위에 묵직이 내려앉았다.

처음 왔을 땐 이 방이 그렇게 쾌적해 보였는데.

어쩌면 조금 전 사장과 나눴던 대화 때문인지도 몰랐다. 사장
은 파람을 반갑게 맞아 주었지만 요구를 모두 들어줄 생각은 없
어 보였다. 파람은 타협을 해야 했다. 제 발로 돌아온 이상 협상
테이블에서 불리한 쪽은 파람이었다.

사장은 그 모든 과정을 천천히 음미하듯이 진행했다. 처음엔

사장이 그저 즐기고 있는 줄 알았다. 하지만 곧 어쩐지 그게 다가 아니라는 생각이 들었다. 느린 탁구 게임처럼 진행된 대화 속에서 하나하나 공을 들인 말들을 주고받는 동안, 사장은 파람에게 알려 주려는 듯했다.

거래는 이렇게 하는 거라고.

정말이지 알 수 없는 사람. 파람은 이제 사장만 생각하면 속이 울렁거렸다. 바람이나 좀 쐬어야겠다는 생각이 들었다.

퍽 늦은 시간이었다. 으슥한 강변을 혼자 걷기에 좋은 시간은 아니었다. 마당에서 어슬렁거리다가 사장이나 모 실장의 눈에 띄고 싶지도 않았다. 문득 전에 눈여겨보았던 장소가 떠올랐다. 파람은 대충 옷을 걸치고 방을 나섰다.

다행히 옥상 문은 잠겨 있지 않았다. 파람은 컴컴한 옥상을 가로질러 유리 난간 앞으로 다가갔다. 가까이는 마당에 걸린 알전구들이, 그 너머로는 강변을 따라 선 가로등들이 아슴푸레 빛을 발하고 있었지만 하늘땅을 잡아먹은 어둠과 대적하기엔 역부족이었다.

하아 입을 벌려 겨울 공기를 받아들이고 후우 밤의 어둠을 토해 내자 차가운 물로 가슴속을 헹궈 낸 듯 시원해졌다. 파람은 안개처럼 퍼져 나가는 허연 입김을 눈으로 좇았다. 그러다 멀지 않은 저쪽, 띄엄띄엄 자리한 건물들이 가로등의 뿌윰한 빛 아래

폐허처럼 숨죽이고 있는 곳에 유난히 하얀 건물 한 채가 눈에 들어왔다. 파람은 창문마다 새하얗게 불이 켜진 직사각형의 이층 건물을 좀 더 살펴보았다. 주차장의 말뚝형 정원등이 작은 트럭 한 대와 자전거 한 대를 은은히 밝히고 있었다.

저긴 뭐 하는 곳이지? 파람이 서 있는 곳에선 간판 비슷한 것도 보이지 않았다. 하긴, 여기도 간판은 없잖아. 어쩌면 저 건물 사람들도 여길 보면서 궁금해하고 있을지 모르지. 저긴 도대체 뭐 하는 덴가 하고. 설마 여기서 금지육을 팔고 있는 줄은 꿈에도 모르겠지. 그렇게 토막생각들을 흘려보내는 동안 눈앞의 세상은 한 치의 흐트러짐 없이 고요히 멈춰 있었다. 불쑥 하얀 건물 밖으로 빠져나온 실루엣이 자전거에 올라타기 전까지는 말이다.

이 밤에 어디로 가려는 걸까. 집이 근처라 늦은 퇴근을 하는가 보지. 자전거는 전조등을 밝히고 천천히 움직였다. 파람은 꽁꽁 언 양손을 비비며 자전거의 움직임을 느긋하게 지켜보았다. 저 사람 집은 어디쯤 있을까. 이 근처에 가정집처럼 보이는 주택이 있었던가. 그러고 보니 이렇게 내 일 아닌 일에 관심을 가져본 게 얼마 만이지.

사장의 세계에 들어오고 나서부터 모든 일이 정신없이 휘몰아치듯 진행되었다. 문득 파람은 흥분과 긴장, 실망과 상심 같은, 전에 없던 강렬한 감정들을 겪어 내느라 자신이 몹시 지쳐 있었다는 사실을 깨달았다. 자전거 불빛이 사라질 때까지만 있다가 들어가야지. 욕조에 물을 가득 받고 온몸이 노글노글해질 때까지 안 나올 거야.

불빛이 천천히 가까워졌다. 이제 곧 이 앞을 지나쳐 달려갈 것이다. 겨울밤의 강바람을 헤치고 달릴 만한 가치가 있는 그런 곳을 향해. 불빛이 돌연히 방향을 꺾었다. 이상한 일이었다. 그 방향으로는 갈 만한 곳이…….

파람은 침을 꼴깍 삼켰다.

자전거의 목적지는 헤븐, 헤븐이었다.

마당에 멈추어 선 자전거의 전조등이 꺼졌다. 그림자 같은 검은 실루엣이 천천히 내려 헬멧을 벗었다. 얼굴을 확인하고 싶었지만 어둠에 뭉개져 보이지 않았다. 실루엣은 짙은 어둠이 친숙한 듯 느긋이 움직였다. 마치 제집으로 돌아온 검은 뱀처럼 스르륵스르륵 밤을 헤집었다.

파람은 저도 모르게 뒷걸음질 쳤다. 심장에 도근도근 울림이 찾아들었다. 파람은 가슴 위에 손을 얹고 생각했다. 방문객 한 명에 잔뜩 긴장하고 말았지만 이런 신호는 외려 반길 만하다고.

아무리 조심해도 모자라는 곳.

방심하는 순간 꼼짝없이 덫에 걸리고 마는 곳.

이곳은 헤븐이니까.

손님과 아르바이트생 사이

허여멀끔하고 앳돼 보이는 얼굴, 시선이 맞물리면 어김없이 흔들리는 눈동자, 바깥 공기와 사뭇 다른 실내 온도 때문인지 옅은 홍조로 물든 콧등과 귓바퀴……. 그 손님은 어쩐지 한 발 다가서면 두 발 물러설 것 같은 분위기를 풍겼다.

"우리 비수 소개할게. 내 동생이야."

문득 자신의 개가 죽고 나선 동생밖에 없었다던 사장의 말이 떠올랐다. 이 사람이 그 사람이구나. 내 개가 나의 천국이라고 했던 사람의 보루.

파람은 공비수가 과연 떠나간 헤븐의 자리를 채울 수 있었을지 궁금했다. 막연히, 그러지 못했을 것 같다는 생각이 들었다. 평생 채우지 못할 자리를 차지하고 있는 기분은 어떨까. 공비수는 사장에게선 찾아볼 수 없는 그늘을 파리한 얼굴에 그대로 드리운 사람이었다. 두 사람은 서로 가까운 사이라고 보기엔 너무나도 달라 보였다.

"오 마이 갓! 비수! 이게 얼마 만이야!"

막 식당에 들어선 루 영이 소리쳤다. 파람은 루 영의 호들갑스러운 제스처가 이제 퍽 익숙했다. 헤븐으로 돌아온 지 일주일. 그동안 영원 패밀리는 한 차례 더 헤븐을 방문했었다. 워낙 바쁘기로 소문났으니 이 정도면 꽤 성실한 손님이다 싶었지만 그보다 더한 단골도 있었으니, 바로 황 선생이었다. 오픈 이후로 누구보다 열심히 헤븐을 드나든 황 선생은 오늘도 일찌감치 자리를 잡고 앉아 새로운 손님들과 식전 담소를 나누고 있었다.

성악가 도라미 씨와 발레리노 강지노 씨, 역대 최고 당첨금을 수령한 복권 당첨자 왕박 씨. 새로 온 손님들을 바라보는 파람의 마음은 결코 가볍지 않았다. 잠시 후에 해야 할 일이 자꾸 떠올랐기 때문이다. 그들과 한 테이블에 자리한 황 선생은 뭐가 그리 들떴는지 상기된 얼굴로 말을 멈추지 않았다. 여전히 홀로 앉아 다른 손님들과 딱딱한 눈인사만 나누고 있는 제우스와 달리, 황 선생은 내심 테이블에 같이 앉을 상대를 바라 왔던 듯했다.

처음 방문한 손님들에 사장의 동생까지, 제법 북적거리는 분위기에도 시큰둥하니 반응할 사람은 한 명밖에 없겠지. 파람은 뒤이어 들어오는 탠저린을 힐끗 쳐다보았다. 그렇게 오기 싫은 것처럼 굴더니 계속 오네? 그런데 가만히 보니 오늘은 억지로 끌려온 사람 얼굴이 아니었다. 한술 더 떠 뭔가 할 말이 있는 얼굴처럼 보인달까.

"저기……."

탠저린이 빨간 장갑을 벗어 손에 꼭 쥔 채 파람에게 한 발 다가섰다. 파람은 당황했다. 나한테 할 말이 있다고?

"여기 좀 봐 봐! 우리 꼬마 천재 비수가 이렇게 컸어!"

탠저린이 입술을 달싹이는 순간, 뒤늦게 입장한 원하나 작가를 반기는 루 영의 목소리가 쩌렁거렸다. 탠저린은 못마땅한 얼굴로 루 영을 노려보더니 입을 다물어 버렸다.

"어머, 몰라보겠다."

"그땐 요만한 꼬마였는데……. 깜짝 놀랐다니까."

"언제 적 얘기를 하는 거예요, 루. 벌써 십 년도 더 됐는데. 우리 비수 이제 열아홉 살이라고요."

새로 자리한 손님들을 챙기던 사장이 자연스럽게 대화에 끼어들었다. 사장이 나서자 공비수의 얼굴에 안도하는 빛과 부담스러워하는 기색이 동시에 스쳤다. 공비수가 누나를 어떻게 생각하는지 가늠할 수 있는 표정이었다. 파람은 어쩐지 공비수가 측은하게 느껴졌다. 사장 같은 사람이 가족이라니.

"그래, 맞아! 우리 애랑 비슷했지. 내가 탠저린 큰 건 생각 안하고……. 자자, 서로 인사해야지. 탠저린, 아빠가 몇 번 얘기한 적 있지? 미호 동생 공비수. 너무 어렸을 때라 기억 안 나겠지만 둘이 몇 번 만난 적 있어."

루 영이 너털웃음을 터뜨리며 탠저린을 잡아끌었다. 수줍은 듯 어색한 인사를 건네는 공비수와 달리 탠저린은 얄궂게 고개만 까닥해 보일 뿐이었다.

"우리 비수가 탠저린의 오랜 팬이라는 얘기도 했나요?"

"탠저린, 비수가 네 팬이라니 영광인 줄 알아야 해. 비수야말로 스타였지. 우리 촬영장에 비수가 놀러 오면 다들 몰려들어서······."

"아빠, 여기서 이러지 말고 이제 자리에 가서 앉아요."

탠저린이 불쑥 말을 잘랐다.

"아, 그렇지, 그래. 비수, 우리 탠저린하고 친하게 지내면 좋겠어."

루 영이 공비수의 어깨를 두드리며 자리로 이끌었다. 파람은 그 뒤를 따르는 탠저린의 옆얼굴을 가만히 훔쳐보았다. 아까 무슨 말을 하려고 했던 걸까.

그 순간 탠저린이 파람 쪽으로 고개를 돌렸다. 넋 놓고 있다 탠저린과 시선이 겹친 파람은 보면 안 되는 걸 보다 들킨 사람처럼 얼굴을 붉혔다. 하지만 탠저린은 운 좋게 네잎클로버라도 발견한 듯 기쁜 표정을 숨기지 못했다. 어찌나 적나라한 표정인지, 파람은 슬그머니 제 몸의 잎 하나를 접어 놓고 싶어졌다.

∞

창밖엔 금방이라도 눈이 내릴 것처럼 그물그물한 하늘이 강 위에 너부시 내려앉아 있었다. 파람은 영원 패밀리와 공비수가 앉은 테이블 쪽을 틈틈이 곁눈질했다. 뭐든지 조기 졸업하는 게 특기인 듯한 공비수가 아이비리그를 다니다가 지금은 무슨 연구소를 차렸다는 얘기가 막 나온 참이었다.

"정말 대단하구나! 어릴 때부터 천재인 줄은 알았지만······."

루 영이 양손을 휘휘 돌리며 다른 손님들도 마땅히 자신만큼 놀라워해야 한다는 듯이 목소리를 높였다. 지근거리에서 흐뭇해하는 사장의 시선까지 더해지자, 공비수가 민망해하며 답했다.

"아뇨, 뭐 그 정도는······. 그냥 작은 연구소일 뿐이에요."

"겸손이 지나친 거 아니에요? 그 정도 머리면 그냥 작은 연구소일 리 없잖아요."

원하나 작가가 자신의 말에 동조해 달라는 표정으로 주변을 둘러보았다. 참 주목받기 좋아하는 부부였다.

"그것 참, 젊은 친구가 대단하군요."

저편에서 황 선생이 적당히 분위기를 맞춰 주자 옆자리에 앉은 도라미 씨가 청아한 목소리로 거들었다.

"그러게요. 영원 패밀리가 보증하는 천재라니. 뭐, 저도 이쪽 분야에선 천재라는 말을 들으며 자랐지만."

도라미 씨는 깨끗한 창법으로 인정받는 성악가였지만 대중 가수로 여러 히트곡을 가진 동생 도도미 씨의 유명세에 밀려 어디를 가든 동생 얘기가 따라다니는 처지이기도 했다. 손님들은 이런 사정을 다 알면서도 도라미 씨의 잘난 척에 수긍하듯 고개를 끄덕여 보였다.

"그나저나 무슨 연구 하는지 살짝 힌트라도 주면 안 될까요?"

원하나 작가가 물었다.

"아직 오픈할 정도는 아니라서요."

"나중에 사업화하게 되면 얘기해, 비수. 난 벌써 관심이 차고 넘치거든. 우리 지니어스, 어릴 때부터 후원했어야 하는데 그게 제일 아쉽네."

예의상 하는 말인지 진심인지 가늠이 잘 안 되었다. 뭐든 쾌활하고 호의 넘치게 말하는 루 영의 태도는 어떤 때는 한없이 호감도를 높여 주기도 했지만 어떤 때는 끝도 없이 신뢰도를 떨어뜨리기도 했다.

"그런데 왜 스타였다는 거예요? 촬영장에서."

탠저린은 아빠의 말에 담긴 진정성 따위에는 조금의 관심도 없어 보였다. 갑작스러운 화제의 전환에 잠시 정적이 흘렀지만 탠저린의 얼굴엔 자족의 미소가 맴돌았다. 제 딴에는 자연스럽게 화제를 돌렸다고 생각하는 것 같았다. 지켜보면 지켜볼수록 어설픈 구석이 있는 아이였다.

"알다시피, 촬영장에서 대기 시간이 길잖아. 그래서 우리끼리 심심팔이로 게임을 했었는데……."

"심심풀이."

예리한 척, 실수를 용납하지 못하는 탠저린을 보니 슬그머니 웃음이 났다.

루 영은 개의치 않고 말을 이었다.

"현장 스태프 일을 하던 미호가 새로운 게임을 알려 준다며 바둑판을 들고 왔거든. 다들 처음 해 보는 게임이라 흥미를 보였지. 근데 간이 테이블이 쓰러지는 바람에 바둑판 위에 놓인 바둑돌들이 모조리 흩어진 거야. 그때 이 꼬마 천재가 바둑돌들을 원래 있던 자리 그대로 올려놓는 거 아니겠어? 마침 그날 미호가 동생을 촬영장에 데리고 와서 구석에서 놀게 했었거든. 아무튼, 너무 신기하니까 우리가 애를 데리고 이런저런 놀이를 해 보기 시작했지. 그런데 정말, 보는 대로 듣는 대로 다 외우는 거야. 카드든 책이든 숫자든. 놀랄 놀 자였어."

"놀랄 노 자겠지."

반복되는 탠저린의 지적에 원하나 작가가 그만하라는 눈빛을 보냈다.

"응, 응. 놀랄 노 자. 근데 알고 보니 미호 역시 머리가 아주 비상한 사람이더라고. 젊은 사람이 생각하는 게 남달랐어. 스태프 중에 그런 사람이 있었을 줄이야. 그날 미호를 처음 알게 됐지."

"근데 왜 촬영장에 동생을 데리고 와요?"

"응? 그게 아마 비수를 봐주는 베이비시터가 갑자기 약속을 취소했다고 그랬던 거 같은데⋯⋯."

"흐응⋯⋯."

눈을 가늘게 뜨고 턱을 당기는 탠저린을 보며 파람은 자신도 탠저린과 똑같은 표정과 몸짓을 하고 있다는 사실을 깨달았다.

"돌이켜 보면 그날 촬영장에 비수가 온 게 행운이었달까. 덕분에 공 사장과 가까워지고, 여기 헤븐에도 오게 됐으니 말이야."

저쪽에서 루 영의 말을 들은 사장이 씩 웃음을 던져 보냈다. 사장과 아빠 사이에 오가는 미소를 못마땅하게 지켜보던 탠저린이 물었다.

"얼마나 가까워졌는데요?"

"미호가 비수랑 같이 우리 집에도 자주 오고 그랬지. 미호랑 얘기하다 보면 어찌할 방법이 없어 보이던 일들이 술술 해결될 것만 같고 그랬거든. 비수도 우리 집에 오는 걸 참 좋아했는데. 서재에 있는 책을 밤새 다 읽을 기세였으니까. 비수, 기억하지?"

"기억 못 할 리가 있겠어요? 그렇게 엄청난 기억력이면 그때 못 온다고 했던 베이비시터에 대해서도 다 기억할 거 같은데."

비수가 대답할 타이밍을 가로챈 탠저린이 의기양양하게 덧붙였다.

"베이비시터는 갑자기 무슨 사정이 있었던 거래요? 진짜 사정이 있었던 건 맞나."

루 영도, 원하나 작가도 무슨 뚱딴지같은 소리냐는 표정을 지었다. 하지만 파람은 탠저린이 무슨 생각을 하는지 알 것 같았다. 자신도 똑같은 의심을 하던 참이었기 때문이다. 사장이 루 영과 친분을 쌓은 계기가 공비수라면 그 계기가 우연을 가장한 조작이 아닌지 의심해 볼 만하지 않은가. 사장이라면 이로운 인맥을 얻기 위해 천재 동생을 이용하고도 남을 테니까.

파람은 탠저린이 자신과 똑같은 눈으로 사장을 주시하고 있다는 것이, 미심쩍은 눈초리를 거두지 못하는 것이 의아하면서도 반가웠다.

"그게……."

공비수의 하얀 턱 끝이 움칠했다. 파람은 좀 더 가까이에서 대답을 듣고 싶어 급히 몸을 돌렸다. 공비수의 잔에 물을 따라 주는 핑계로 다가갈 속셈이었다. 그런데 막 한 걸음 내딛는 순간 탠저린의 눈빛이 훅 달려들었다. 내밀한 동조를 원하는 눈빛, 은근한 확신이 서린 눈빛이었다. 파람의 스텝이 엉키고 몸이 휘우뚱했다.

"아앗! 죄송합니다!"

테이블 위로 미끄러진 파람이 몸을 벌떡 일으키며 외쳤다. 식탁보가 한쪽으로 밀려나며 엉망이 된 테이블 세팅이 가장 먼저 눈에 들어왔다.

"죄송합니다. 죄송해요."

공비수가 말없이 흠뻑 젖은 바지를 냅킨으로 툭툭 털었다. 공비수 앞에 놓였던 물 잔이 하필 바지 앞자락으로 쓰러진 것이다. 하아, 눈빛 하나에 휩쓸려 이런 실수를 저지르다니. 무엇에도 동요하지 말고 맡은 바 일만 깔끔하게 끝내자고 그렇게 다짐했건만.

파람은 허리를 곱작거리며 연신 사과하기 바빴다. 하지만 사과를 받아 주는 사람은 없었다. 비수는 무슨 생각을 하는지 도통 알 수 없는 표정이었고, 루 영과 원하나 작가는 비수의 젖은 바지에 온 신경을 쏟고 있었다. 다른 테이블의 사람들은 멀뚱히 이 소란을 구경하고 있을 뿐이었다. 사장도 그 정도 일은 알아서 처리하라는 듯이 팔짱을 끼고 지켜보고 있었다. 주방 근처에 서 있던 모고진 실장만이 안타까워하는 듯한 눈빛을 보냈으나 그것도 잠시였다. 순식간에 눈빛을 거둬들인 실장은 시치미를 뚝 떼고 몸을 돌렸다.

죄송하다는 말은 메아리처럼 홀로 되울렸다. 그제야 파람은 자신의 사과가 마땅한 것이자 무의미한 어떤 것임을 깨달았다.

"실수할 수도 있는 거지, 뭐 그렇게까지 죄송하다고."

갑자기 탠저린이 발끈 짜증을 냈다.

"네?"

"아니, 뭐. 한 번 사과했으면 됐지……."

어째서일까. 탠저린은 속상해하고 있었다. 탠저린의 표정이 그렇게 말해 주었다. 파람은 탠저린의 그 마음이 싫지 않으면서도 부담스러웠다.

그때 난처한 얼굴로 공비수가 나섰다.

"괜찮아요, 괜찮습니다. 저 때문에 두 분이 싸울 필요는 없잖아요. 전 진짜 괜찮습니다."

머리는 엄청 좋다더니 분위기를 읽어 내는 눈치는 영 꽝인 것 같았다. 탠저린이 어이가 없다는 표정을 지었다. 탠저린과 눈이 마주치면 웃음이 터질 것 같아서 파람은 슬쩍 고개를 돌렸다. 그런 파람을 흘깃 본 루 영이 말했다.

"여기 학생이 쇼 앞두고 긴장했나 보네."

"뭐? 쇼를 또 해?"

탠저린이 인상을 찌푸리며 아빠에게 화풀이하듯 말했다.

"새로운 손님들이 많이 왔잖아. 그래서 오늘 쇼가 있다고……. 기대할게요, 파랑 학생."

탠저린이 입을 벌리고 루 영을 쳐다보았다. 하지만 루 영은 파람의 이름을 잘못 불렀다는 사실을 인지하지 못한 채 사람 좋은 미소만 지어 보였다. 원하나 작가가 루 영의 옆구리를 쿡 찌르며 한마디 했다.

"당신도 참, 말로만 그러지 말고."

"아아, 그렇지."

"넉넉하게, 응? 탠저린 또래잖아."

"그러니까 말이야. 얼마나 필요한 게 많겠어."

영원 커플은 뭐가 그렇게 재미있는지 자기들끼리 신이 나서 속닥거렸다. 파람은 이리저리 눈만 굴리고 서 있었다. 루 영이 안주머니에 손을 넣는 모습을 보면서도 한 치 앞의 상황을 예측할 수 없었다. 반면 탠저린은 앞으로 일어날 일을 눈치챈 듯 불안한 눈빛으로 아빠를 바라보고 있었다.

"자자, 오늘 쇼를 잘 부탁한다는 의미로……."

"아빠!"

"탠저린! 왜 목소리를 높이고 그래."

"엄마."

"어디 보자. 마침 수표가 있구나."

루 영이 지갑을 뒤적이며 말했다. 비로소 상황을 이해한 파람은 어떻게 반응해야 할지 갈피를 잡지 못했다. 기뻐해야 할지 불쾌해해야 할지 헷갈리는 데에는 탠저린의 태도도 한몫했다. 탠저린이 나설수록 파람의 입장은 더 애매해질 뿐이었다.

"아빠, 그만."

탠저린은 루 영의 행동이 아주 부적절하다는 듯 단호하게 말하며 자리에서 일어섰다.

"거기까지만 해요."

일순간 탠저린 외 모든 배경이 흐릿하게 줌아웃되는 것 같은 느낌이 들었다. 수표를 손에 쥔 채 어리둥절한 표정만 짓고 있는 루 영, 당장이라도 탠저린을 주저앉힐 것 같은 기색의 원하나 작가, 그리고 여전히 이 상황이 자기 때문이라고 생각하는 듯 어찌할 바를 모르는 공비수. 그들의 모습이 뿌예질수록 탠저린만이 더욱 또렷이 클로즈업되었다. 그리고…….

"나가자."

덥석, 탠저린이 파람의 손목을 잡았다.

이게 무슨……? 파람의 머릿속에 물음표와 느낌표가 마구 뒤섞여 회오리쳤다.

"같이."

뜨거운 손이 파람을 잡아끌었다. 손목을 휘감은 낯선 열감에 정신이 아뜩했다. 이런 손을 내치는 덴 제법 단단한 결심이 필요하리라. 파람은 막연히 직감하였다.

∞

"잠깐만……."

등 뒤 자동문이 닫히자 파람은 그제야 정신을 차리고 앞서가는 탠저린을 멈춰 세웠다.

"이것 좀."

파람이 탠저린의 손을 향해 눈짓했다.

"앗, 미안."

마치 자기 것인 양 그러쥘 때는 언제고, 탠저린은 이제야 선을 넘은 걸 깨달았다는 듯 재빨리 손을 놓았다. 그리고 얼굴을 붉히며 말했다.

"내 멋대로 해서 미안해."

"그러니까. 왜 멋대로 한 거야?"

"응?"

탠저린은 눈만 동그랗게 뜬 채 선뜻 대답하지 못했다. 파람은 다시 질문을 골라 물었다.

"팁 주고받는 게 그렇게 나쁜 거야?"

"아니, 난 네가 기분 나쁠까 봐……."

"나 별로 기분 안 나빠. 어차피 할 건데 팁까지 받으면 좋지."

탠저린의 갈색 눈동자가 지그시 파람을 파고들었다. 그동안은 각자 맡은 배역이 있었다. 두 배역 사이에는 결코 넘을 수 없는

선이 존재했는데, 지금 탠저린은 그 경계를 무너뜨리려 한다. 이유가 뭘까.

둘 사이에 침묵이 흘렀다. 수초가 수분처럼 느껴졌다.

"맘대로 해."

먼저 입을 연 사람은 탠저린이었다.

"받고 싶으면 받아야지. 그래도 사과는 하고 싶어."

"무슨 사과를 한다는 거야."

파람이 입속말로 볼퉁거렸다. 그러자 잠시 머뭇거리던 탠저린이 작은 소리로 중얼댔다.

"내가…… 못 했으니까."

"뭘?"

"쇼를 멈추지 못해서, 그래서 미안하다고."

웃음기 없는 표정. 조용히 깔린 목소리. 솔직히 탠저린의 태도가 인상적이지 않다고는 할 수 없었다. 파람은 이내 마음을 다잡고 딱딱한 어조로 말했다.

"그걸 왜 네가 미안해해? 내가 선택한 거야. 그러니까, 팁은 받고 사과는 받고 싶지 않아."

땅에 박힌 뭔가를 잡아 빼내듯 억지로 목구멍에서 빼낸 말속엔 어설픈 고집이 실려 있었다. 어차피 다 모순투성이인데 무엇에 대해 사과를 하고 무엇을 위해 사과를 받는다는 거지? 파람은 헤븐에서 하기로 한 일을 해내야만 했다. 최대한 빨리, 요령 있게 해치워 버리겠다고 결심했다. 그런데 뭔가 할 말이 많아 보이는 탠저린의 얼굴이 자꾸만 파람을 흔들었다.

얼른 몸을 돌려야지. 더 지체했다가는 탠저린의 속에 담긴 이야기가 쏟아져 나오리라. 그게 뭐든 일단 듣고 나면 또 마음이 들썩거릴 것만 같았다.

파람의 마음을 읽은 것처럼 탠저린이 달콤한 목소리로 파람을 붙잡았다.

"잠깐만."

돌아설 때는 바람처럼 몸을 돌려야 하는데. 찬바람이 쌩쌩 불 정도로 여지를 주지 않고 돌아서야 하는데. 파람은 자신의 진짜 약점이 이것인가 싶었다. 뒤돌아서지 못하는 것. 떠나야 할 때 머무르고야 말아 허점투성이가 되는 것. 늘 이게 문제였다. 사실은 당신을 믿고 싶었어요, 라고 속내를 내비친 순간 약점을 들키고 빈틈을 드러낸 사람이 되어 버리고 말았다.

"사실 처음 본 날부터 너한테 하고 싶은 말이 있었어. 오늘은 꼭 말하겠다고 마음먹었고. 우리 같이…… 망하게 하자."

"뭐?"

"이 식당, 망하게 하자고."

지금 내가 무슨 소릴 들은 거지? 파람은 두근거림을 누르며 탠저런을 쏘아보았다.

속을 알 수 없는 얼굴. 사장과 똑같다.

아무리 이리저리 뒤살펴도 그 속을 가늠할 수 없을 것이다. 그들이 입을 열어 직접 말해 주기 전까지는 말이다.

약속이라는 단어

"오늘 처음 오신 손님이 세 분이나 계셔서 그런지, 평소보다 분위기가 좀 업된 것 같죠? 이제 조금 차분하게 식전 쇼를 시작해 볼까요. 새로운 손님이 오신 날에 쇼가 빠질 수 없잖아요. 아, 이제 쇼가 아니라 상품 품질 테스트 시간이라고 해야겠네요. 우리 헤븐의 마스코트가 수줍음이 많아서, 쇼의 주인공으로 불리기는 부끄럽다고 하니까요."

방금 전 소동은 별일 아니라는 듯이 사장이 너스레를 떨었다. 탠저린이 자리에 돌아오자 루 영과 원하나 작가도 무슨 일이 있었냐는 듯 태연하게 굴었다. 그렇게 하면 이해할 수 없는 딸의 행동이 없던 일이 되기라도 하는 것처럼. 파람은 자신을 향해 코를 찡긋하는 사장을 보며 지난 거래를 떠올렸다.

새로운 손님을 맞이하는 날에만 쇼를 할 것. 보상은 더 확실히 할 것. 이것이 두 사람이 합의를 본 내용이었다. 쇼를 쇼라고 부르지 말아 달라는 파람의 요청도 접수되었으나 뭐라고 부르든 그것의 본질은 사장의 쇼라는 사실을 파람도 모르지 않았다. 파람은 가만히 기회라는 단어를 마음속으로 쓰다듬어 보았다. 복잡하게 생각하지 말자. 나는 내게 주어진 기회를 꽉 붙잡았을 뿐이야.

쇼는 잡음 없이 매끄럽게 흘러갔다. 파람은 이왕 하기로 했으니 흠 잡힐 구석 하나 없이 제대로 해낼 심산이었다. 하지만 사장이 썰어 준 금지육을 받아먹고 사람들 앞에서 온몸을 벅벅 긁어 대고 있자니 울화가 치미는 것은 어쩔 수 없었다.

내가 나한테 계속 이런 일을 겪게 해도 괜찮은 걸까. 혹시 나는 그날 기회를 다시 잡은 게 아니라 떠날 수 있는 절호의 기회를 걷어차 버린 거 아닐까. 자신의 몸에 일종의 학대를 가하는 쇼에 자발적으로 참여하는 동안 파람의 마음속엔 이런 의문들이 피어올랐다.

이 식당을 망하게 하자.

파람은 팔뚝을 긁어 대며 그 말을 한 장본인을 슬쩍 쳐다보았다. 아까의 자못 진지했던 모습과는 딴판으로, 탠저린은 따분해하는 관람객의 역할을 충실히 수행하고 있었다. 탠저린은 언제나 맡은 바 역할을 능숙하게 해내는 것처럼 보였다. 헤븐의 손님 역할도, 셀러브리티 가족 구성원의 역할도.

헤븐을 망하게 하자니……. 의도했든 의도하지 않았든 간에 탠저린의 말은 정확히 건드려 버렸다. 자신의 선택에 대한 의구심을 떨쳐 내지 못하는 사람의 마음을. 파람은 그 말을 좀 더 파고들고 싶었다. 당당하게 전화번호를 요구하는 탠저린에게 마지못한 척 번호를 넘긴 이유도 그 때문이었다. 뒷이야기를 듣지 않고는 못 배길 것 같아서.

그때였다.

"황 선생님! 괜찮으세요?"

고조된 도라미 씨의 목소리에 사람들의 시선이 일제히 쏠렸다.

"아니, 속이 좀…… 답답해서……."

나비넥타이를 푸는 황 선생의 손이 바르르 떨렸다. 귀밑머리는 식은땀으로 젖고 얼굴색도 허옇게 질려 있었다. 상태가 심상치 않음을 느낀 사람들이 하나둘씩 모여들었다.

"이제 한 점 드셨는데, 그게 얹힌 걸까요?"

"좀 누우셔야 할 거 같은데……."

"의자를 붙이죠."

발레리노 강지노 씨가 긴 팔로 우아하게 의자를 들어 옮기자 제우스도 번쩍번쩍 거들기 시작했다.

"아이고, 이게 뭔 일일까요."

루 영과 함께 황 선생을 부축하던 왕박 씨가 끄응 앓는 소리를 했다. 무릎이 안 좋은지 힘에 부쳐 보였다.

"연세가 있으셔서, 체한 게 아닐 수도 있어요."

착착 마련된 자리에 몸을 뉜 황 선생의 안색을 살피며 사장이 말했다.

"병원이 차로 한 시간 거리에 있어요. 제우스, 주차장까지만 부축해 줄⋯⋯."

"응급차를 부르는 게 낫지 않을까요?"

파람은 저도 모르게 불쑥 물었다. 그 순간 홀 전체에 부자연스러운 침묵이 흘렀다. 손님들이 꿀꺽 침을 삼키는 소리가 귓전에 울리는 듯했다.

"응급차?"

사장이 흥미로운 표정을 하고서 되물었다. 마치 네가 지금 무슨 말을 했는지 알고 있냐는 듯한 얼굴이었다.

"응급차를 부르면⋯⋯ 응급 요원들이 오는 거잖아요?"

도라미 씨가 파르르하며 난색을 표했다.

파람은 속으로 혀를 차며 구시렁댔다. 그야 응급차를 부르면 응급 요원들이 오겠지, 무슨 당연한 소릴 하는 거야?

"난 오늘 여기 처음 왔는데⋯⋯. 아직 음식을 입에 대지도 못했다고요. 난감하네요. 너무 난감해요. 아무래도 전 먼저 가 봐야⋯⋯."

"도라미 씨, 그 말씀이 더 난감하네요. 도라미 씨를 추천한 사람이 분명히 말했을 텐데요. 우리는 한배를 탄 사람들이라고.”

원하나 작가가 강한 어조로 말하자 도라미 씨가 황 선생을 힐 끗 쳐다보았다. 걱정보다는 원망이 담긴 표정처럼 보였다.

“한배? 그렇게 진지할 필요 있습니까? 다들 그냥 손님일 뿐인 데, 식당에서 나가고 싶을 때 나가는 게 뭐 별일이라고. 저도 이 만 가 봐야겠습니다.”

강지노 씨가 꼿꼿하게 턱을 치들고 맞섰다. 그러자 원하나 작가 가 섭섭하다는 듯이 말했다.

“지노 씨, 무슨 말을 그렇게 해요. 별일이 아니라면 왜 발을 빼 려고 하나요?”

“아니 그건…….”

강지노 씨가 말끝을 뭉그리며 도움을 바라듯 주위를 둘러보 았다.

“발을 빼긴 누가 뺀다고 그럽니까. 거, 상황이라는 게 있다, 뭐 그런 거지. 다들 잃을 게 많아서 그런가, 너무 예민들 하시네.”

왕박 씨가 불퉁거렸다. 원하나 작가의 말에 반박하는 것 같기 도 하고, 여기 있는 모두를 비꼬는 것 같기도 한 말이었다.

“하긴 잃을 게 돈밖에 없으면 참 속 편할 텐데 말이에요. 어디 복권에라도 당첨되면 누구처럼 실추될 명예 없이 횡재수만 누리 면 되고.”

도라미 씨가 왕박 씨를 향해 빈정댔다.

"자자, 진정들 하세요."

그때 루 영이 영화 속 한 장면처럼 손님들의 주의를 자신에게 집중시켰다.

"이게 싸울 일입니까, 여러분? 응급차를 불러야 하는 상황이면 당연히 불러야겠죠. 사람이 어떻게 될지 모르는데. 하지만, 보세요."

루 영의 손짓을 따라 손님들의 시선이 황 선생에게로 모였다.

"이제 막 다리를 펴고 누우셨잖아요. 좀 쉬고 나면 상태가 나아질 수도 있는 거 아닙니까. 이런 상황에선 안정이 제일 중요합니다. 괜히 서둘러 응급 요원을 불렀다가 시끌벅적 소란스러워지면 아픈 사람은 더 힘들어요."

잠깐의 침묵을 깨고 너도나도 동의하기 시작했다.

"맞습니다."

"맞는 말씀 같아요. 우리가 간호하면서 좀 더 지켜봐요."

박수만 안 쳤을 뿐 손님들의 반응은 가히 뜨거웠다.

그제야 파람은 손님들의 꿍꿍이를 제대로 알아차렸다. 여기서 무슨 작당을 했는지 세상에 알려지는 것만큼은 어떻게 해서든 피하고자 하는 노력이 눈물겨울 지경이었다.

"아니 그런데, 이 식당은 이런 상황에 대비한 매뉴얼 하나 없는 겁니까? 여기 사장님 명성을 듣고 왔는데 말입니다."

손님들끼리 의견이 정리되자 강지노 씨가 사장에게 화살을 돌렸다. 하지만 사장은 눈 하나 깜짝하지 않았다.

"대답을 해 보세요. 만약의 상황에 대비해서……."

"아니, 아니."

그때 황 선생이 손을 휘휘 내저으며 말을 끊었다. 모고진 실장이 어느 틈에 가져온 수건을 반듯하게 접어 머리 아래에 받쳐 주자 황 선생은 한결 편안해진 표정으로 말을 이었다.

"이제 그만하세요들. 나 괜찮으니까."

순간 사람들의 얼굴이 안도감으로 누그러졌다.

"요즘엔 물만 먹고도 체합디다. 아까 한 입 먹은 게 얹혔나 본데, 소화제나 있으면 좀……."

"기본 의약품은 구비하고 있으니 걱정 마세요. 그런데 정말 병원 가 보지 않아도 괜찮으시겠어요?"

"괜찮아요, 괜찮아. 이거 소란만 피웠네."

"아까보다 안색이 한결 나아지신 거 같아요."

원하나 작가가 밝은 목소리로 말했다. 파람은 유심히 황 선생의 얼굴을 살펴보았다. 애써 괜찮은 표정을 짓는 건지, 정말 괜찮아진 건지 얼굴만 보고는 알기 어려웠다.

"그러네. 진짜 좀 나아지셨네요."

루 영이 원하나 작가의 말을 거들고 나섰다.

그냥 믿고 싶은 대로 보는구나. 한 발 물러선 자리에서 지켜보고 있자니, 사람들의 속물적인 근성이 속속들이 파람의 눈에 들어왔다.

"음음, 소란 피운 사람은 황 선생님이 아니라 저 같은데요. 이거 민망하네요. 너무 민망해요."

도라미 씨가 목청을 가다듬으며 말했다. 그제야 손님들과의 사회적 관계가 위태로워질까 봐 걱정되는 모양이었다.

"괜찮습니다. 우리 다 같은 입장이지요."

황 선생의 인자한 목소리에 도라미 씨가 겉웃음으로 답했다. 그러자 마치 도라미 씨의 표정을 복사해서 붙여넣기 한 듯이 모두들 똑같이 어색하게 웃기 시작했다. 꼿꼿한 자세로 서서 입을 꾹 다물고 있던 강지노 씨도, 지르퉁히 상황을 지켜보던 왕박 씨도 어설프게 웃느라 얼굴이 일그러져 보였다. 왕박 씨는 다시 끄응 소리와 함께 의자에 엉덩이를 붙이며 탄식하듯 말했다.

"하이고, 미식의 세계가 만만치 않네요."

웃음소리 위로 왕박 씨의 말이 튀어 올랐다 가라앉았다. 파람은 조용히 그 말을 곱씹었다. 미식의 세계. 그것은 여러 욕망 중의 하나일 것이다.

사람들은 저마다 이유를 가지고 이곳에 온다. 헤븐은 단지 고기 한 점을 대접할 뿐이지만 그 고기 한 점이 채워 주는 욕망은 제각기 다른 모양이었다. 그 욕망은 애도와 미련으로 만들어진 것일 수도 있고, 짜릿하고 색다른 이벤트를 원하는 마음으로 만들어진 것일 수도 있고, 특정 계층의 사람들과 '한배'를 타고 싶은 마음으로 만들어진 것일 수도 있고, 추억을 상기하기 위해 만들어진 것일 수도 있다.

문득 탠저린에게 시선이 갔다. 탠저린은 나보다 먼저 다 파악하고 있었는지도 몰라. 헤븐에 모여든 욕망들을 읽어 내고 그것들을 부숴 버리자 말하는 아이……. 탠저린을 눈에 담고 있으니 조금 덜 외로운 듯이 느껴졌다. 그리고 더욱 궁금해졌다. 도대체 왜 탠저린이 자신에게 손을 내밀었는지, 이 식당을 망하게 하자는 탠저린의 마음속에 자신이 어떤 의미로 존재하는지 다 묻고 싶어졌다.

"미호, 아무래도 다음엔 내가 의사 한 명 추천해야겠어."

분위기를 바꾸려는 듯 루 영이 말했다.

"너무 좋아요, 좋네요. 손님 중에 의사가 있다면 좀 안심할 수 있겠어요."

도라미 씨가 과하게 응수하며 나섰고, 다른 손님들도 고개를 끄덕였다.

"저야 여러분의 결정에 따를 뿐이죠."

사장은 손님 추천에 관한 문제는 자기 몫이 아니라는 점을 확실히 해 두고 싶어 하는 것처럼 보였다. 물론 그런 태도에 이의를 제기하는 사람은 없었다. 그건 그들 사이의 암묵적인 약속이었으니까. 아니, 약속이라기보다는 계약이라고 하는 편이 나으리라.

아아, 그래, 계약……. 계약이었구나. 파람은 그동안 자신이 왜 약속이라는 단어에 거부감을 느꼈는지 비로소 깨달았다. 헤븐에 온 이후로 파람이 접했던 모든 관계는 계약에서 비롯된 것이었다. 약속은 이런 관계 속에서 사용하기엔 지나치게 친밀한 단어였다.

"제우스, 근데 너무한 거 아니야?"

책망하듯 말하면서도 사장의 얼굴엔 엷은 장난기가 어려 있었다. 제우스는 태연하게 금지육을 썹으며 대꾸했다.

"이거 먹는 데 얼마나 걸린다고. 식어 버리면 맛없다고."

언제부터 다시 자리에 앉아 식사를 하고 있었담. 게걸스럽게 접시를 비우는 제우스를 바라보며 그 욕망의 종류를 가늠하던 파람의 시야에 약을 들고 오는 모고진 실장이 들어왔다. 파람은 냉큼 물 잔을 챙겨 황 선생의 머리맡으로 다가섰다. 그때 맞은편 황 선생의 발치에서, 제우스를 향해 넌더리가 난다는 표정을 짓고 있던 탠저린과 눈이 마주쳤다. 탠저린은 파람을 향해 눈을 찡긋거리고는 가면을 바꾸듯 금세 표정을 바꿔 버렸다. 파람에게 속내를 들켜 버린 건 괜찮지만, 다른 사람들에게 내보일 생각은 전혀 없다는 듯이. 만약 내가 탠저린이 내민 손을 잡는다면…….

그건 약속일까, 계약일까.

"나 때문에 지체해서 미안해요. 이제 다들 식사합시다."

몸을 일으켜 소화제를 삼킨 황 선생이 미안해하며 말하자 도라미 씨가 가장 먼저 자리로 돌아가 앉았다. 탠저린도, 다른 모든 손님들도 이제 각자의 자리로 돌아가 다시 자신의 역할에 충실해야 할 타이밍이었다. 실내를 쭈욱 훑어보던 파람은 얼핏 뭔가 빠진 것 같다는 느낌을 받았다.

그때 사장이 홀 입구를 바라보며 말했다.

"마침 저기 제 동생도 돌아오네요. 그럼 다시 식사들 하시죠. 음식이 너무 식었으면 말씀하시고요."

빠져 있던 것은 공비수였다. 루 영이 공비수에게 물었다.

"비수, 어디 갔었어? 쇼도 안 보고."

"옷을 말리러 위층에 갔다가 눈이 오길래, 마당에 둔 자전거를 안으로 들여놓고 왔어요."

자전거……. 역시 그 수상한 방문객은 공비수였구나. 파람은 잔뜩 긴장했던 그날 밤이 떠올라 괜스레 멋쩍은 기분이 들었다.

"이 날씨에 자전거를 타고 왔던 거야? 어디서부터?"

"별로 멀지 않아요."

헤븐처럼 간판 하나 없는 하얀 건물. 얼마 전 차렸다는 연구소일 터였다. 파람은 조심스레 공비수에게 다가갔다.

"아깐 정말 죄송했어요."

"죄송하긴요. 내가 미안하죠."

공비수가 씁쓸한 표정으로 중얼거렸다.

그 의미가 궁금해지는 말이었다.

대책 없는 매력

탠저린은 며칠이 지나서야 전화를 했다.

적막한 숙소에 휴대폰 진동이 울린 순간, 바람 빠진 공 같았던 파람의 심장이 일순간 부풀어 올라 포르르 떨렸다. 직전까지만 해도 자신의 열일곱 살 인생을 되돌아보며 반성하던 참이었다. 학교에서 아이들과 말을 안 하는 것도 아닌데 파람은 따로 연락하는 친구가 없었다. 연락 오는 사람이 엄마밖에 없다니. 그렇다고 엄마한테 시시콜콜 다 털어놓기는 싫고. 속내는커녕 헤븐에서 무슨 일을 하는지조차 말하지 못했다. 새삼 쓸쓸한 기분마저 들던 차에 그토록 기다리던 전화가 온 것이다.

"전화 늦어서 미안. 요즘 밤샘 촬영하느라."

탠저린은 사과부터 했다. 사과를 하면 당연히 받아들여질 거라 믿는 사람의 담백한 사과였다.

"아니, 뭐……. 별로."

기다린 티를 내지 않는다고 자존심이 세워지는 건 아니었지만,

있는 그대로 속마음을 드러내기는 싫었다. 탠저린이 뿜어내는 산뜻한 자신감 앞에선 더욱 그랬다.

"별로 기분 상하지 않았다고? 아니면 별로 안 기다렸다고?"

"응, 뭐, 다."

"그럼 나 안 미안해해도 돼? 화 안 난 거지?"

"내가 왜 화나?"

"궁금하게 만들어 놓고 답을 안 알려 주면 싫잖아."

탠저린의 목소리는 시종일관 부드러웠다. 파람은 아무리 관심 없는 척, 시들한 척해 봤자 소용없다는 걸 알았다.

"화는 안 났지만, 맞아. 물어보고 싶은 게 많아."

"뭐든 다, 물어봐."

활짝 양팔을 벌리고 맞이해 주는 듯한 목소리였다. 파람은 잠시 망설이다가 입을 열었다.

"그때 나한테 한 말…… 진짜야? 그러니까 내 말은, 진심이냐고."

"당연히 진심이지. 근데……."

뜻밖에도 시원스러운 대답 뒤로 잠시 침묵이 흘렀다. 신중히 할 말을 고르고 있다는 느낌이 들었다.

"혼자서는 하기 싫어."

낮아진 목소리 사이사이를 채우는 숨결이 느껴졌다. 탠저린이 고르고 고른 대답은 파람에게 여전히 의문만 남길 뿐이었다.

"왜 혼자선 싫은데?"

"너랑 하고 싶으니까."

"그러니까 왜……."

파람은 주변에 듣는 귀라도 있는 것처럼 손으로 입을 가리고 목소리를 낮췄다.

"왜 헤븐을 망하게 하는 데 내가 필요하냐고."

탠저린이 답답하다는 듯이 반문했다.

"누가 필요하다고 했어? 그냥 같이 하고 싶으니까 같이 하자는 거야. 그게 전부야."

그냥? 아무 목적 없이? 내 단점이나 장점을 사려는 것도 아니고, 그냥 나랑 같이 하고 싶다고? 파람은 골똘히 그 의미를 헤아려 보았다. 헤집어 보았자 말간 속알맹이 같은 본질만 천연히 드러나는 말이었지만 무턱대고 받아들이기엔 겁이 났다. 공미호에게 홀려 넘어갔듯 흐지부지 경계선을 넘었다가 다치면 다시 거둬들일 발의 무게가 얼마나 무거울지, 생각만 해도 가슴이 답답해졌다.

파람은 안전한 거리를 찾고 싶었다. 두 사람이 손을 잡고도 떨어져 서 있을 수 있는 거리.

불현듯 파람의 머릿속에 단어가 하나 떠올랐다. 탠저린의 말처럼 단순하고 솔직한 힘은 없지만 견고하고 내구성이 강할 것 같은 단어였다.

"동지처럼 말이지?"

파람은 한쪽 발만 크게 내디뎌 자신과 탠저린 사이에 놓인 경계선에 발끝을 댔다.

"동지?"

생각지도 못했던 말을 들었다는 듯이 탠저린이 풋 하고 웃음을 터뜨렸다. 파람은 괜히 말했나 싶어 얼굴이 화끈거렸다.

그때 탠저린이 호쾌하게 말했다.

"좋아, 동지처럼."

그리고 짐짓 비장한 목소리로 이어 말했다.

"남의 가게를 망하게 할 결의를 나눌 정도라면 동지라 부름이 마땅하지."

사극에나 나올 법한 말투였다. 파람을 놀리는 게 분명한데, 이상하게도 기분이 나쁘지 않았다.

"그럼 이제 우리 매일 밤 통화도 해야겠다! 머리를 맞대고 같이 계획을 짜야지. 우리는 동지니까."

"아직 동지가 되겠다고 한 건 아닌데."

"노파람, 너…… 조심성이 많은 스타일이구나? 그런 면도 마음에 드네. 조심성 많은 노파람."

앳된 박력이 느껴지는 목소리가 훅 밀려들었다. 미지의 세계에서 날아든 것 같은 탠저린의 천연스러움에 가불가불 마음이 흔들렸다. 파람은 고개를 숙이고 물끄러미 자신의 발끝을 내려다보았다. 경계선 위에 놓인 발끝이 움찔거렸다.

그래. 인정해야겠지.

나도 이상하게 마음에 들어, 네가.

……하지만 이번엔 마음속 경보기를 끄지 않을 거야. 절대로. 문득 언제나 먼저 조심하고 늘 경계해야만 하는 자신이 약자처럼 느껴졌다. 파람은 순간 가라앉으려는 마음을 다잡았다. 자기 연민에 빠진 채 탠저린을 마주하고 싶지는 않았다.

"그런데 너는 왜 이 식당을 망하게 하려는 거야?"

파람은 던져야 할 질문을 던졌다.

∞

그곳에 가자는 말은 탠저린이 먼저 꺼냈다. 공비수의 연구소에 가 보자, 아무도 몰래. 파람이 늦은 밤 헤븐에 드나드는 공비수를 봤다고 말했을 때였다.

"공미호 동생이라고 해서 관심을 가졌는데, 보니까 뭔가 구린 구석이 있어. 헤븐이랑 관련돼 있는 뭔가가."

"네 팬이라고 해서 관심 가진 건 아니고?"

엇. 내가 지금 무슨 말을 한 거지. 질투라도 하는 것처럼 들리

진 않았을까. 뱉은 말을 주워 담을 수 없으니 은근슬쩍 넘어갔
으면 했지만 파람을 놀릴 기회를 그냥 날려 버릴 탠저린이 아니
었다.

"뭐야, 그런 말도 할 줄 알아? 제법이야, 노파람."

귀엽다는 듯이 웃는 소리를 들으니 기분이 이상했다.

"근데 공비수, 진짜 내 팬도 아니야. 나에 대해 하나도 모르던
데 뭐. 다 공미호가 지어낸 얘기지. 그 베이비시터 얘기처럼 말
이야."

"그건…… 공비수 잘못은 아니잖아."

파람은 미안하다고 읊조리던 공비수의 얼굴을 떠올렸다. 무
슨 사연이라도 있는 것 같은 그늘진 얼굴로 배리배리 고개 숙이
던 그 모습을. 그러자 탠저린이 또 놀릴 거리를 찾았다는 듯 짓
궂게 말했다.

"노파람, 은근히 마음 여리네. 왜, 공비수가 막 안쓰럽고 그래?
너무 공미호한테 휘둘리는 거 같아서?"

"그런 게 아니라……."

"공비수 걔, 휘둘리는 스타일이 아닐지도 몰라. 그때 말하는 거
못 들었어?"

"뭘?"

"그날 공비수랑 식사하는 자리에서 다음 손님은 누굴 추천할

까 하는 말이 나왔는데, 엄마가 김주운 씨는 어떠냐고 했거든. 그분 몸이 많이 괜찮아졌다면서. 너도 기억할 거야. 왜, 돼지 심장 이식수술 성공한 사람 있잖아."

물론 기억했다. 돼지 심장 이식수술은 더는 성공률이 낮은 수술이 아니었지만, 수술받는 인물이 재벌가의 자제이자 셀러브리티라 연일 뉴스에 보도되곤 했었다.

"그때 아빠가, 그러고 보니 돼지는 연구소에서라도 키우는데 요즘 소는 참 찾아보기 힘들다, 이젠 연구소에서도 소는 잘 안 다루지 않느냐, 뭐 그런 얘기를 꺼냈거든. 근데 듣고 있던 공비수가 갑자기 딱딱한 목소리로 그러는 거야. 예전에 연구소에서 소를 어떻게 다뤘는지 아냐고."

학교에서 배양육의 역사를 배운 사람이라면 모를 리 없는 내용이었다. 그때 연구소에서 소를 필요로 했던 이유는 바로 소태아혈청 때문이었다. 임신한 소를 도축하고 그 배를 갈라 꺼낸 새끼 소의 심장에서 뽑아낸 피로 만든 배양액. 식물성 배양액을 만드는 기술을 무료로 공개하고 강제하기 전까진 소태아혈청을 이용해 배양육을 만드는 경우도 많았다.

"그걸 모르는 사람이 어딨어? 누가 봐도 상대가 모를 거라고 생각하고 물어본 말이 아니잖아. 순간 분위기가 싸해졌지. 어색한 분위기 못 견뎌 하는 우리 아빠가 화제를 돌리긴 했지만. 아무튼 공비수, 찜찜해. 혹시 알아? 걜 파 보면 공미호의 약점이 나올지. 그러니까 연구소에 가 봐야겠어. 같이 가는 거지?"

탠저린은 일단 행동하고 보는 스타일 같았다. 파람은 엄마를 떠올렸다. 사장이 엄마와 전혀 다른 매력을 풍기는 사람이라면 탠저린은 엄마와 비슷한 매력을 풍기는 사람이었다. 어쩌면 엄마도 다른 누군가에게는 이렇게 남다른 매력을 느끼게 하는 사람인 걸까.

"그래, 가자."

함께하되 방심하지 말자.

"기대된다."

파람의 다짐을 흔들려는 듯 열뜬 목소리가 마음의 거죽을 파고들었다.

"우리 둘이 함께하는, 첫 모험 같기도 하고."

"모험은 무슨……. 엄청 추울 테니 옷 든든하게 껴입고 와."

"응, 알았어, 알았어."

전혀 성의가 느껴지지 않는 대답이었다.

"진짜로. 강바람 우습게 보지 마. 내복 있으면 챙겨 입고. 양말도 두 개 신고."

"응. 양말 두 개, 아니 세 개 신을게."

대답은 잘하는데 왜 이리 신뢰가 안 가는지. 시작하기도 전에 걱정스러워지는 모험이었다.

∞

"말도 안 되게 추워!"

여민 옷깃 사이로 턱을 묻고 달려오는 탠저린의 코끝이야말로 말도 안 되게 빨갰다. 탠저린의 불평대로, 추워도 너무 추운 날이었다. 게다가 오후 다섯 시를 조금 넘긴 시각인데 벌써 해가 떨어지고 있었다. 곧 사방에 어둠이 깔리면 바람이 더 매서워질 터였다.

"몇 시까지 돌아가야 해?"

패딩 점퍼 주머니에 양손을 찔러 넣고 어깨를 잔뜩 움츠린 채로 파람이 물었다.

"치, 뭐야. 보자마자 헤어질 생각부터?"

허연 입김에 탠저린의 표정이 묻혀 잘 보이지 않았다. 아마 엄청 개구진 표정이겠지. 어느새 파람은 식당 손님들 틈에서 혼자 뾰족이 볼가져 보였던 탠저린의 얼굴보다 반들반들 얄개 같은 얼굴에 더 익숙해져 있었다.

"아니, 그게 아니라…… 매니저가 데리러 오기로 했다며."

탠저린은 요전날 깜빡하고 놓고 온 소지품을 찾으러 가야 한다고 매니저에게 부탁해서 헤븐에 올 수 있었다.

"한 시간 반쯤 시간 있어. 온 김에 식사도 할지 모른다고 했으니까. 매니저도 따로 저녁 먹고 있는다 했어. 멀리 가도 괜찮으니 근사한 거 드시고 오라 했지."

"의심 안 해?"

"무슨 의심? 매니저는 헤븐에 대해서 아무것도 몰라. 그냥 자주 오는 식당 정도로만 알지."

하긴 영원 패밀리는 헤븐에 올 때마다 원하나 작가가 직접 운전해서 오는 것 같았다. 헤븐의 진실을 아는 사람은 오직 초대받은 손님들뿐이리라.

"누군가 자기도 망할 각오로 폭로하기 전에는 아무도 헤븐에 대해서 알지 못할 거야."

"그럼 네가 그 역할을 하려는 거야?"

"내가 망할 순 없지."

탠저린은 장난스럽게 눈을 치떴다. 양쪽 볼에 손등을 번갈아 대며 발을 동동 구르는 모습이, 강풍이라도 한번 불어치면 픽 고꾸라질 것만 같았다. 양말 세 개는커녕 달랑 스타킹 하나만 신은 패기라니, 이럴 줄 알았어.

파람은 부스럭부스럭 주머니에서 핫팩을 꺼냈다.

"자."

"어? 괜찮아, 괜찮아. 너도 춥잖아."

"내 거도 있어. 이건 네 거."

"나 기다리는 동안…… 따뜻하게 만들어 놓은 거야?"

조심스럽게 핫팩을 받아 들며 탠저린이 물었다.

"어, 미안. 내가 주물럭거려서 좀 그렇지. 그냥 새 거 줄 걸 그랬나."

"아니, 아니. 그런 뜻 아니야."

탠저린은 황급히 손사래를 치고 나서 핫팩을 한쪽 뺨에 갖다 댔다.

"좋다……. 따뜻해."

순간 휙 불어온 바람에 파람의 머리카락이 사방으로 날아올랐다가 얼굴을 뒤덮었다. 겨울엔 표정을 가려 줄 것들이 많아서 다행이야. 지금 내 표정이 어떤지 모르지만 들키고 싶지 않은 표정인 건 분명해. 파람은 머리카락을 정돈하며 헛기침을 하고는 걸음을 빨리했다.

"얼마나 가야 할까?"

탠저린이 종종걸음으로 파람의 뒤를 쫓으며 물었다.

"글쎄. 빨리 걸으면 십오 분 정도?"

성큼성큼 파람이 앞서가며 말했다. 나도 처음 가 보는 거라 잘 몰라, 라는 말은 입 밖으로 나오질 않았다. 탠저린 앞에선 좀 더 의젓해져야 할 것만 같았다.

"있잖아."

잰걸음으로 뒤따르던 탠저린이 가쁜 숨을 삼키며 물었다.

"뭐 하나 물어봐도 돼?"

"응."

"내 첫인상은 어땠어?"

파람은 몸을 돌려 물끄러미 탠저린을 바라보았다. 뜬금없이 첫인상이 어땠냐니. 별 뜻 없이 던진 말이라고 보기엔 탠저린의 표정이 제법 진지했다.

"음⋯⋯."

기억을 고르고, 말을 고르느라 시간이 들었다.

"방송에서 본 인상은 밝고 활달하고 그랬어. 화목한 가정에서 티 없이 행복하게 자란 거 같고, 부족한 거 없어 보이고⋯⋯."

"짜증 한번 안 낼 것처럼 보였지?"

짓궂은 표정을 짓는 탠저린을 향해 파람은 가만히 고개를 끄덕여 보였다.

"그럼 실제로 보고 나서 실망했겠다."

탠저린이 농담기 가득한 말투로 덧붙였다. 하지만 속내엔 장난기 한 점 없을 거라 짐작할 수 있었다.

"아니, 전혀. 오히려 얼마나 힘들까 싶더라. 화내 본 적, 우울해 본 적 없는 사람이 어디 있겠어. 사람들도 세상에 그런 사람이 없다는 거 다 알면서 욕심부리는 거잖아. 너는 아니길 바라고, 설령 그런 모습이 있어도 감추길 바라고, 감췄다 밝혀지면 흉보고. 다들 자기는 못 하는 거, 자기한테 없는 걸 너한테 바라는 거 같아. 그런 것도 너무 과하면……."

"과하면?"

"폭력이지."

파람은 담담히 속생각을 드러내었다.

"정말 그렇게 생각해?"

"응."

"설마 날 불쌍하게 보는 건 아니지?"

"불쌍한 거랑 안쓰러운 거랑 같은 거야?"

"내가 안쓰러워?"

"말을 잘 못 고르겠다……. 그냥, 마음이 쓰여."

마음이 쓰인다는 말. 제대로 고른 말 같아서 마음에 들었다. 탠저린이 하얀 웃음을 뱉어 내며 말했다.

"노파람, 사람 완전히 녹다운시키네."

파람은 짐짓 탠저린의 말을 못 들은 체하고 천천히 몸을 돌려 다시 앞으로 나아갔다. 옅은 어둠이 하늘을 물들이고 있었다. 잠 깐 한숨 돌렸다는 듯 바람이 다시 거세어졌지만 아까보다는 훨 씬 덜 추운 것 같았다.

"근데 첫인상 말이야. 파람 너는 어땠는지 궁금하지 않아?"

한 번도 궁금한 적 없었지만 이렇게 물어보면 또 궁금해지는 법이다.

"들으나 마나 뻔하지. 그날이잖아."

그날. 첫 쇼가 있던 날. 알레르기. 개코. 뛰쳐나감.

파람은 뚱하게 대꾸하면서도 머릿속에 떠오르는 일련의 예상 답안들보다는 조금 나은 대답을 기대했다.

그때 탠저린이 잽싸게 파람을 앞지르더니 마주 보고 뒷걸음질 치며 말했다.

"떫었어. 정말 떫었어."

"무슨 말이야?"

"네 첫인상! 떫은맛이었다고."

해석이 필요한 말이었다. 파람은 걸음을 멈추고 눈을 깜빡깜 빡거렸다.

"나쁜 뜻 아니야."

"그게 어떻게 좋은 뜻이야? 떫은맛을 누가 좋아해?"

"내가 좋아하지."

"……고맙다."

볼멘 투로 말하는 파람을 보고 탠저린이 웃었다. 셀셀 웃는 얼굴을 보니 파람도 피식 웃음이 났다. 얄밉게 예쁜 웃음이었다.

탠저린이 계속 홍알거렸다.

"너 떫은맛이 얼마나 중독성 있는지 알……."

"엇."

고의로 탠저린의 말을 끊은 건 아니었다. 마침 바로 저편, 청회색 어둠 속에 허연 귀신처럼 웅크리고 있는 건물이 눈에 들어왔다. 파람이 오늘 모험의 목적지를 가리키자 탠저린의 시선도 파람의 손끝을 따라 움직였다.

"이제 어떻게 하지?"

탠저린은 정말 이상한 질문을 들은 것처럼 얼빠진 표정을 지었다. 파람이 재차 물었다.

"일단 가까이 가서 건물 주변부터 둘러볼까?"

엉클어진 잡풀이나 나뒹구는 잡기들 외에 별다를 게 있을까 싶었지만 운 좋게 뭔가 알아낼 수도 있었다.

"어, 그게……."

주변이 너무 어두워서 무서운가? 파람은 탠저린의 눈치를 살피며 계획을 바꿨다.

"아니면 입구 쪽으로 가 볼까?"

다행히 건물의 창문이란 창문은 죄 블라인드가 내려져 있었다. 실내 불빛은 밝았지만 적어도 목을 빼고 밖을 감시하는 사람은 없어 보였다.

"어…… 근데…… 어딘가 CCTV가 달려 있을지도 모르고……
누가 불쑥 튀어나올 수도 있지 않을까?"

그럴 수도 있겠지. 하지만 그렇게 따지고 들면 할 수 있는 일
이 하나도 없었다. 이번엔 탠저린이 파람의 눈치를 살피며 말을
이었다.

"그러니까 그냥…… 여기서 지켜보는 게 낫지 않을까?"

파람은 가만히 탠저린을 쳐다보았다. 칼바람을 뚫고 마침내 목
적지에 도착했는데 여기서 주저할 줄이야. 도대체 탠저린은 무슨
모험을 생각했던 걸까. 진짜 모험은 지금부터 시작 아닌가? 대
뜸 일을 저질러 놓고 눈만 깜빡깜빡하고 있는 탠저린을 보고 있
자니 어쩔 수 없이 또 엄마 생각이 났다. 아아, 나에게 제일 무서
운 상대는 사장 같은 사람이 아니야. 엄마나 탠저린 같은 사람
이지. 파람은 양 손바닥으로 얼굴을 세수하듯 벅벅 쓸어내렸다.

"그럼, 나 혼자 다녀올게. 넌 여기서 기다려."

파람의 발이 모험가의 발처럼 꿈틀거렸다.

"싫……."

파람은 탠저린이 대꾸할 틈도 주지 않고 날쌔게 몸을 돌려 뛰
었다. 건물 뒤편이 몸을 숨기기에 딱 좋아 보였다.

"싫어! 같이 가……아악!"

어둠 속에서 탠저린의 몸이 붕 날아올랐다 고꾸라졌다. 앞을

살피지 않고 뛰어오다가 버려진 타이어에 발이 걸린 것이다.

"탠저린! 괜찮아?"

뛰어온 길을 정신없이 되돌아갔다.

"……괜찮아."

흙바닥에 엎어진 채로 탠저린이 웅얼거렸다.

"이렇게 피가 철철 나는데……."

괜찮긴 뭐가 괜찮아. 하나도 안 괜찮아 보이는데. 파람은 탠저
린을 달래며 말했다.

"오늘은 그냥 돌아가자. 다음에 또……."

"괜찮다니까!"

이건 무슨 오기람. 입을 앙다물고 일어서려고 애쓰는 탠저린의
모습에 기가 찬 파람은 미처 거들 생각도 못 했다.

"아야야……."

탠저린이 얼마 일어서지도 못하고 폭삭 주저앉아 울먹였다. 서
러운 표정이 탠저린의 얼굴을 뒤덮었다.

"다리가, 너무 아파. 뭔가 잘못됐나 봐. 움직이질 못하겠어."

탠저린이 오른쪽 발목을 잡고 앓는 소리를 내었다. 파람은 조
심스레 탠저린의 발목을 살펴보았다. 아무래도 접질린 것 같았
다. 그때 갑자기 탠저린이 와락 울음을 터뜨렸다.

"왜 그래? 많이 아파? 내가 너무 세게 만졌나?"

"흑…… 잘될 줄 알았는데…… 흑흑…… 망했어, 다 망했어."

소리 내어 우는 모습이 마치 예전 TV 속 탠저린의 어린 시절을 보는 것만 같았다. 카메라가 있든 없든 천진하게 울던 아이. 그 아이가 눈앞에 있었다. 드디어 자신만을 위한 카메라를 찾았다는 듯 눈물로 활개 치면서.

"너무 한심해……. 겁이 날 거라고는, 흑, 상상도 못 했는데……. 이게 뭐야. 다 망해 버렸어……."

"망하긴 뭘 망해."

탠저린이 눈물 범벅이 된 얼굴로 파람을 올려다보았다. 파람은 탠저린에게 손을 뻗어 흐트러진 목도리를 다시 단단히 여며 주고는 뒤돌아 앉았다.

"망한 거 하나도 없거든? 쓸데없는 소리 말고 업혀."

"날 업고 어떻게 그 길을 가. 아까보다 훨씬 깜깜하고 추워졌는데……."

머뭇거리던 탠저린이 코 먹은 소리로 주절거렸다.

파람은 등을 내준 채 말없이 기다렸다. 이윽고 탠저린이 조심스레 파람의 등에 업혔다. 파람이 끄응 소리를 내며 일어섰다. 그리고 타박타박 앞으로 나아가기 시작했다.

탠저린이 살포시, 젖은 얼굴을 파람의 등에 묻었다.

"고마워……. 너 진짜 착하다."

하자는 대로 다 해 주고 알아서 챙겨 주기까지 하니 착하다는 건가. 듣기에 썩 유쾌한 말은 아니었다.

"나 하나도 안 착한데. 착하다는 말도 별로 안 좋아해."

사람은 참 착한데. 엄마가 항상 듣는 말이었다. 사람은 참 착한데 어리숙해. 사람은 참 착한데 덤벙대. 사람은 참 착한데 셈을 못해. 사람은 참 착한데 지지리 복도 없어. 사람은 참 착한데…….

"아냐, 착한데. 너도 네가 착하다는 거 알고 그러는 거지?"

"뭘?"

"일부러 까칠한 척하는 거."

"내가 왜?"

"착하다는 거 알면 사람들이 얕볼까 봐."

탠저린의 입김이 귓전을 덮혔다. 파람은 걸음을 멈추고 부러 차갑게 대꾸했다.

"그렇게 나에 대해 아는 척하는 거 불편해."

"아는 척하는 게 아니라……. 왜 그렇게 받아들여. 친구끼리 이런 얘기도 못 해?"

"친구?"

"아, 맞다. 우리 친구 아니지."

쌔무룩해진 탠저린이 한쪽 뺨을 파람의 등에 꾹 누른 채 덧붙였다.

"내가 깜빡했네. 조심성 많은 노파람. 근데 너무 튕기면 나 좀 그렇다?"

좀 그렇다고? 지금 네가 삐질 타이밍이야? 목을 감은 손의 힘이 풀리지 않는 걸 보니 내릴 생각도 없으면서. 파람은 조금 빈정이 상했다.

내가 지금 뭘 하고 있는 거지.

저 멀리 까무총총한 밤하늘 위로 별빛과 구름이 바람에 흔들리는 동안 파람의 몸도 마음도 식어 들었다. 점점, 뒷몸을 누르는 탠저린의 존재가 무겁게 느껴졌다. 문득 그 무게감이 모든 문제의 원인이라는 생각이 들었다. 탠저린 영, 넌 정말…… 제멋대로야. 계획도 없고 용기도 없고. 이 정도 모험도 엄두를 못 내면서 어떻게 헤븐을 망하게 해?

"정말 대책 없어."

불쑥, 추위에 얼어붙은 입술 사이로 속마음이 새어 나왔다. 반박할 말이 없는지 탠저린은 아무 대꾸도 하지 못했다. 파람은 계속 말을 잇기로 결심했다. 발이 무거울수록, 몸이 무거워질수록 물러서기 어려워져서 결국은 떠날 수 없게 된다. 눌러앉게 된다. 적당한 거리조차 둘 수 없게 된다.

"헤븐 근처에 도착하면 그만 각자 갈 길 가자."

"그게 무슨 소리야?"

등 뒤에서 퍼뜩 고개를 드는 기척이 느껴졌다.

"내가 너무 경솔했어. 이런 말도 안 되는 일에 끼어들다니……."

"헤븐에서 일하는 건 신중히 생각해서 결정한 일이고?"

속상함도 배어 있고, 빈정거림도 묻어나는 말투였다.

"그건, 분명한 이유가 있는 선택이었어. 필요한 선택이었다고."

"헤븐을 망하게 하려는 것도 명분이 있는 일이잖아."

탠저린이 고집스럽게 대꾸했다.

"도대체 그 명분이 뭔데?"

답답한 마음에 언성이 높아졌다. 옳다구나 싶은 마음도 있었다. 비록 더는 못 하겠다고 포기 선언을 날렸지만 파람은 아직 듣지 못한 그 대답만큼은 들을 자격이 있다고 생각했다.

"전에 물었을 때도 대답을 피했잖아. 솔직히 말하면 난 헤븐에서 돈을 벌고 싶은 마음 반, 헤븐 따위 망해 버렸으면 좋겠다는 마음 반이야. 근데 넌 왜 헤븐을 망하게 하려는 거야? 네가 왜?"

"그야…… 그 여자가 자기 멋대로 널 괴롭히고 있으니까?"

그게 이유라고? 도무지 믿음이 가지 않는 대답이었다. 하지만 탠저린은 자기가 꽤 그럴듯한 말을 했다고 생각했는지 기세 좋게 말을 이어 나갔다.

"이제 그만했으면 좋겠어. 아무도 널 함부로 대하지 못하게 하

자. 그렇게 하도록 내버려 두면 안 되잖아. 응?"

그게 이유의 전부라면 너야말로 날 불쌍해하는 거네. 아니지. 마음을 쓰는 거라고 해야 하나.

파람은 한숨을 쉬며 말했다.

"그런 거 말고, 진짜 이유를 말해 봐."

추궁받고 있다고 느꼈는지, 탠저린이 버럭 소리쳤다.

"그, 그건! 헤븐이 망해야 하는 건 너무 당연하잖아!"

망해야 마땅한 식당. 그 점은 파람도 동의했다. 하지만 질문의 요지는 그게 아니지 않는가.

"……나 내려 줘."

탠저린이 몸을 빳빳하게 세우며 볼문 소리를 내었다. 더 실랑이하고 싶지 않은 마음에, 파람은 무릎을 구부리고 팔을 풀었다. 기우뚱 한쪽 발에 중심을 싣고 선 탠저린이 쏘아붙였다.

"우린 동지라며. 동지라면 굳이 말하지 않아도 다 알아주고 그러는 거 아니야?"

"아니. 우리는 아직 아무런 약속도, 계약도 하지 않은 사이야."

"그게 무슨 말이야?"

탠저린이 높바람에 두들겨 맞은 듯한 얼굴로 물었다.

"그러니까, 동지도 뭣도 아니라고?"

그렇게 충격받은 얼굴 할 필요 없잖아. 우리가 그 정도는 아니잖아. 파람은 탠저린이 보이는 극적인 감정 표현을 자연스럽게 받아들이기 어려웠다. 자기감정에 잔뜩 취해 있는 상태 아니면 상대를 미안하게 만들려는 수작. 둘 중에 하나라고 생각하고 싶었다. 파람은 미안해하지 않으려 단단히 속다짐을 하고 입을 열었다.

"솔직히 처음엔 나도 기대했어. 사장이 만든 판을 뒤집을 수 있다면 얼마나 짜릿할까 싶어서. 적어도 넌 사장처럼 날 이용해 먹으려고 하는 거 같진 않아 보였고. 그랬는데……."

"그랬는데?"

"탠저린 너, 사실 아무 계획도 없지? 헤븐을 망하게 하려는 이유, 제대로 대답 못 하잖아. 솔직히 말해 봐. 그냥 재미로 이러는 거 아니야?"

내내 속 시끄럽게 하던 생각을 내뱉어 버리니 시원하고 좋았다. 하지만 개운함은 오래가지 않았다.

"그런 거 아니야. 아무것도 모르면서."

탠저린이 바들거리며 말했다. 세상 상처 혼자 다 받은 듯한 탠저린의 얼굴이 다시 파람의 속을 어지럽혔다.

"그럼 말해 봐. 내가 모르는 게 뭔지."

"다들……."

파람은 볼끈 쥔 탠저린의 손에 시선을 주며 기다렸다.

"다들 정말 꼴 보기 싫단 말이야!"

일순간 탠저린의 안색이 흙빛으로 변했다.

"얼마나들 고상한 척, 잘난 척하는지 너도 봤지? 공미호 손에 놀아나는 줄도 모르고 꾸역꾸역 헤븐으로 몰려드는 거, 정말 한심해 죽을 거 같아. 공미호가 똑똑하긴 하지. 세상 제일가는 속물들 한자리에 모아 놓고 무슨 대단한 비밀 클럽의 회원이라도 된 듯 뻐기게 만들었으니까 말이야. 그러는 꼴들 보면 진짜 딱하지 않아? 우리 엄마 아빠는 구제불능이야. 그 속 시커먼 가식덩어리들이 자꾸 나한테 이래라저래라……. 나까지 세트로 한심하게 만들려고!"

탠저린은 욕지기질을 하듯 말을 쏟아 내고는 부르르 몸을 떨며 주저앉았다.

"난 절대로 그 사람들처럼 되지 않아. 난 그들과는 다르다고. 난 절대로……."

파람은 한없이 움츠러든 작은 어깨를 바라보며 그간 탠저린이 느꼈을 감정의 무게를 짐작해 보았다. 얼마나 괴로울까. 탠저린은 지금 세상에서 가장 힘든 일을 하고 있었다. 가족을 미워하는 일. 가족을 미워하지 않으려 발버둥 치는 일. 어쩌면 한 사람을 온전히 좋아하기만 할 수도, 완벽하게 싫어하기만 할 수도 없다는 사실을 가장 처음 깨닫게 되는 건 바로 가족을 통해서인지도 모른다.

파람은 조용히 한쪽 무릎을 꿇고 탠저린의 얼굴을 들여다보았다.

"탠저린."

솔직하게 말해 줘서 고마워. 그렇게 말하고 싶었는데…….

"그런 말은 직접 해 주지 않으면 알 수가 없어."

왜 진작 솔직하게 말하지 않았냐고 말해 버렸다. 마음 가는 대로 탠저린을 달래 주었다가는 이어 할 말을 못 하게 될 것 같아서.

"그리고 난 여전히 너한테 마음이 쓰이지만, 내 마음은 정해졌어. 난 헤븐을 망하게 하는 일에 동참하지 않을 거야."

사람은 참 착한데 물러 터져서. 엄마는 그런 말도 들었다. 파람은 물러 터진 감처럼 되고 싶지 않았다. 탠저린 말마따나, 감으로 치자면 난 떫디떫은 단단한 감이니까.

"잠깐만……."

그때 탠저린이 다급하게 파람의 옷소매를 붙잡았다.

"이렇게 끝낼 순 없어."

탠저린의 손에서 절절함이 느껴졌다.

"계획이 있단 말이야, 진짜로. 끝내주는 계획이."

물러날 생각이 없구나, 너는. 파람은 조용히 감탄했다.

마지막 쇼

　파람은 분명 반대했다. 탠저린의 계획은 허무맹랑하고 부실하기 짝이 없었다. 공미호를 포함해 누구 하나 호락호락하지 않은 헤븐에서 그런 단순한 계획이 먹힐 리 없었다. 하지만 탠저린은 자신만만했다. 자기 자신을 의심하지 않는 기질은 타고난 것 같기도 하고, 환경 덕에 얻은 자신감을 원동력 삼아 체득된 것 같기도 했다. 어떤 해석을 갖다 붙여도 그럴듯했다. 루 영의 활달함과 원하나 작가의 명민함은 전자를 뒷받침했고, 태어난 순간부터 사회적 성공의 정점에서 단 한 번도 내려온 적 없이 십칠 년을 산 탠저린의 삶은 후자를 설명해 주었으니까. 하지만 그런 성격의 배경에는 고개를 끄덕일 수 있어도 탠저린의 계획에 선뜻 동조할 순 없었다.

　그런데 젠장, 탠저린이 쓰러졌다.

　파람의 반대에도 불구하고 혼자서 계획을 밀어붙인 것이다.

　"탠저린! 탠저린! 괜찮니?"

놀란 원하나 작가가 탠저린의 안색을 살피며 물었다. 모두의 시선이 탠저린에게 쏠렸다. 그러자 테이블에 엎어져 있던 탠저린이 원하나 작가의 가슴에 머리를 기대며 사람들에게 얼굴을 드러냈다. 맥없는 표정이 탠저린의 하얀 피부를 더욱 창백해 보이게 했다.

온몸에 울긋불긋 두드러기가 돋은 파람은 감탄과 경악을 오가는 마음으로 탠저린의 쇼를 지켜보았다. 파람을 내세운 사장의 쇼가 조금 전에 끝난 참이었다.

"특별한 날인데 쇼가 빠질 수 없지."

도축한 고기 맛의 정점, 육회를 선보이는 날. 사장은 이날이 헤븐의 역사상 중요한 평가를 받는 뜻깊은 날이 될 거라며 만전을 기했다. 초대된 손님들은 황 선생, 제우스, 영원 패밀리, 도라미 씨, 그리고 첫 방문을 한 이세계 대표였다. 이세계 대표는 전 세계적으로 흥행 몰이를 하고 있는 초대박 게임을 만든 개발자이자 CEO로, 자산 규모로 보자면 아마도 헤븐에 모인 사람들 중 가장 부자가 아닐까 싶었다. 한편 공비수도 조용히 구석진 자리에 앉아 함께하고 있었다.

사장은 득의양양해 보였다. 하지만 만에 하나 탠저린의 계획이 성공한다면, 사장이 그토록 심혈을 기울여 접대한 날고기는 헤븐이 나락으로 떨어지는 데 핵심적인 역할을 하게 될 수도 있다. 탠저린이 아무 이유 없이 자신의 쇼를 펼칠 날을 고른 건 아니니까.

"애 손발이 좀 찬 거 같지 않아? 갑자기 왜 이러지?"

당황해서 점점 목소리가 커지는 원하나 작가를 향해 탠저린이 뭐라 속삭이는 듯 입술을 벙긋거렸다.

"속이 안 좋고 어지럽대요. 쓰러질 거 같다고……."

"급체인가 보네요. 저번처럼요."

도라미 씨가 눈치를 살피며 끼어들었다. 자신을 가리키는 말임을 알아챈 황 선생이 말을 받았다.

"흠흠. 상비약이 큰 도움이 되었지요."

사장이 모고진 실장에게 눈짓을 보냈다. 사장의 의중을 파악한 실장이 재빨리 약을 찾아 들고 왔다.

"탠저린, 일단 약을 좀 먹어 볼까?"

손을 떨며 약 포장을 뜯는 루 영의 모습을 보며 파람은 가슴 한구석 찔리는 느낌을 모른 척하기 위해 애썼다. 거봐. 애초에 이 계획은 별로였다니까.

"우욱……."

하지만 탠저린은 약을 삼키자마자 토해 내는 열연을 펼쳐 보였다.

"엄마, 나 속이……."

탠저린이 다시 원하나 작가의 귀에 대고 무어라 속삭였다.

"아무래도 안 되겠어요. 병원에 가 봐야겠어요."

원하나 작가의 목소리가 떨렸다.

"어떡해요, 어떡해. 일단 어디 누워 보는 건 어때요?"

도라미 씨가 물었다. 물론 도라미 씨는 걱정스러운 척할 뿐이었다. 엉성하기 이를 데 없는 가식적인 태도를 보니 이제는 자신의 위선을 감추기 위한 최소한의 노력조차 불필요하다고 여기는 듯했다.

"애가 안 되겠다잖아요."

원하나 작가의 목소리가 날카로워졌다. 파람은 화를 내는 게 당연하다고 생각했다. 그런데 뜻밖에도 루 영은 애매한 태도를 보였다.

"탠저린, 지금 당장 병원에 갈 수 있겠어? 좀 누워 보고 결정할까?"

아아. 탠저린이 가족의 어떤 점을 싫어하는지, 어떤 부분을 닮고 싶지 않아 하는지 어렴풋이 알 것 같았다. 그들이 탠저린을 사랑하지 않거나 걱정하지 않는 것 같지는 않았다. 다만 사랑하고 걱정하기 때문에 해야 한다고 일반적으로 믿는 것들을 그대로 행하지 않을 뿐. 그런 행동들은 때때로, 아니 언제나 사랑받길 원하는 사람의 마음을 할퀴어 댄다.

자신이 만든 무대에서 혼신의 연기를 펼치는 탠저린을 보며 파람은 마음이 복잡해졌다. 탠저린과 함께한 짧은 시간과 지금 목도한 찰나의 광경만을 가지고 탠저린을, 그리고 탠저린이 속한 세계를 안다고 말할 수 있을까. 이해한다고 생각했었는데. 어쩌면 난 탠저린이 배부른 반항을 한다며 은근히 폄하하고 있었는지도 몰라.

그리하여 다시 찬찬히, 파람은 자신이 거절했던 탠저린의 계획을 되짚어 보았다.

∞

"내가 쓰러지고 나면, 그다음엔 네 차례야. 나 혼자 쓰러지는 것보다 둘이 쓰러지는 게 더 효과가 좋을 테니까."

탠저린이 눈을 반짝이며 말했다.

"우리가 나란히 병원에 도착하고, 검사 결과 넌 특이체질인 게 밝혀지고…… 아, 물론 금지육이라는 단어는 우리 입이 아니라 의사 입에서 나와야 하겠지. 암튼 그렇게 알레르기 반응이랑 복통은 금지육을 먹었기 때문이라고 결론이 나는 거야. 우리가 금지육인 줄 모르고 먹었다는데 누가 반박하겠어? 좀 시끄러워질 수는 있어도 결국엔 다 잘 정리될 거야. 세계 최초로 알레르기 반응을 보였던 아이가 스스로 금지육을 먹었을 거라 생각하는 사람은 없을 테니까. 헤븐에서 어떤 쇼가 벌어졌는지는 상상도 못 할 테고. 그건 애당초 공미호 머리에서나 나올 법한 기괴한 생각이었잖아. 결국 손님들을 속여서 금지육을 판매한 식당만이 집중포화를 받게 되겠지. 솔직히 뒤에서 몰래 제보하는 방법을 생각 안 해 본 건 아니야. 그치만 난 공미호만을 정확히 가격하고 싶어. 왜냐하면……."

탠저린은 말을 잇지 못하고 애매한 표정으로 파람을 쳐다보았다. 이번엔 말하지 않아도 알 수 있었다. 탠저린이 바라는 바는 아주 명료했다. 자신을 포함한 손님들에게 피해가 가거나 나중에 밀고자 색출 운운하는 상황이 오지 않도록 하는 것.

결국 탠저린도 그들과 한배를 탄 몸이니까.

∞

"단순히 체한 건 아닌 거 같은데……."

탠저린이 헛구역질을 해 대기 시작하자 시종일관 오만한 표정으로 뒷짐을 지고 사태를 관망하던 이세계 대표가 넌지시 말을 건넸다.

"혹시 식중독 아닐까요!"

도라미 씨가 사색이 되어 외쳤다.

"그럼 우리 모두 증상이 있어야 하지 않을까요?"

루 영이 검지로 목덜미를 긁으며 반문했다. 그러자 도라미 씨가 몸을 움츠리며 떠들었다.

"혹시 지금 목이 간지러워서 긁는 거예요? 저도 어쩐지 몸이 조금 으슬으슬하고 가려운 거 같기도 하고 그렇거든요. 제우스 씨는 어때요?"

"음. 글쎄요. 속이 좀……?"

제우스가 눈을 굴리며 말끝을 흐렸다.

속이 좀 허하겠지. 그렇게 먹고도 배가 덜 차서. 파람은 제우스의 빈 접시를 보며 속웃음을 쳤다.

"그거 봐요! 고기에 이상이 있는 게 분명해요. 도축한 고기를 생것으로 먹는다고 할 때부터 영 꺼림칙했다니까요."

도라미 씨가 원망과 두려움이 섞인 표정으로 사장을 쳐다보자 다른 사람들도 하나둘씩 사장에게 시선을 옮겼다.

"고기에는 전혀 이상이 없습니다."

사장의 한쪽 눈썹 끝이 올라갔다. 이 상황이 당황스러울 법도 한데 사장은 제법 침착해 보였다.

"이보세요! 사태가 이렇게 심각한데. 우리 모두 증상이 나타나고 있잖아요! 황 선생님도 땀을 흘리시는 거 같은데요? 이래도 이상이 없다는 건가요?"

파들파들 쏘아 대는 도라미 씨를 보며, 파람은 저보다 더 제대로 된 감초 역할은 없을 거라 감탄했다. 도라미 씨는 탠저린의 계획을 몰랐지만 누구보다 탠저린의 계획대로 열심히 움직이고 있었다.

"글쎄, 고기가 좀 비렸나. 속이 느글거리긴 하네요."

황 선생이 넥타이를 느슨하게 푸는 모습을 바라보던 원하나 작가가 벌떡 일어나며 말했다.

"안 되겠어요. 탠저린, 당장 응급실로 가자."

"우리 모두 증상이 있는 거 같은데, 다 함께 가는 게 낫지 않을까요?"

이세계 대표가 물었다. 짐짓 여유 있는 척하지만 자못 불안한 얼굴이었다. 그러자 루 영이 당황하며 나섰다.

"아니아니, 여러분. 진정들 하시고 차분하게, 한번 생각해 보세요. 우리가 탈이 났다며 한꺼번에 병원에 찾아간다면 사람들이 분명 이상하게 생각하지 않겠습니까?"

"맞아요. 세상 사람들이 우리를 좀 예의 주시해야 말이죠. 그러니 일단 급한 대로 우리 아이부터 가까운 병원으로 데려가 볼게요."

원하나 작가가 금방이라도 탠저린을 데리고 자리를 떠날 듯이 서둘렀다.

"허어, 그런데 그렇게 병원에 가서 뭐라고 하실 겁니까. 식중독이라면 어디서 뭘 먹었는지 물어볼 텐데요."

황 선생이 턱을 당기고 눈을 치뜨며 질책하듯 물었다. 배신자를 힐난하는 분위기에 도라미 씨도 냉큼 가세해 목소리를 높였다.

"곤란하네요. 너무 곤란해요. 병원에 간다면 여기서 서로 입을 맞추고 다 같이 가야지. 누구는 치료받고 누구는 못 받고……."

"맞습니다. 일리가 있는 말이군요."

이세계 대표가 즉시 맞장구를 쳤고 제우스는 고개를 크게 끄덕이며 동조를 표했다. 원하나 작가가 기가 차다는 듯 쏴붙였다.

"제가 미쳤다고 이곳 이야기를 하겠어요? 다들 너무하네요. 탠저린은 아직 아이잖아요. 애가 이렇게 아파하는데, 어쩜 이렇게 자기들 생각만……."

그때였다.

"여러분, 그만."

별일 아닌 것에 수선을 떠는 어린아이를 보는 표정으로 사장이 말했다.

"아무 일도 없을 겁니다. 식중독일 리가 없어요. 세상에서 제일 깨끗하고 안전한 고기니까요."

일동의 침묵이 사장을 에워쌌다.

"그게…… 무슨 말이야, 미호?"

"다들 아시잖아요. 생으로 먹어도 세균 하나 없는 청정한 고기가 뭔지."

말도 안 돼. 파람의 가슴이 쿵쾅거렸다.

"설마, 우, 우리가 지금 먹은 게……."

루 영이 더듬거렸다.

"그러니까, 오늘 우리한테 판 게 배양육이라는 말인가요?"

원하나 작가가 믿을 수 없다는 표정으로 따졌다.

"오늘 먹은 거뿐일까요."

사장이 탠저린에게 시선을 내리꽂으며 뜸을 들였다. 탠저린은 이 와중에도 연기를 이어 가고 있었다. 아니면, 놀라서 허옇게 굳은 걸까.

"뭐야, 지금까지 전부?"

제우스가 황당하다는 듯 물었다.

"네네, 맞아요. 모두……."

이건 말이 안 되잖아. 파람은 이어질 사장의 말을 직접 듣기 전까지는 도무지 믿을 수가 없을 것 같았다.

"배양육이었습니다."

헤븐의 모두가 잠시 말을 잃었다.

"참으로…… 제정신이 아니군요, 공 사장!"

이마 위로 내려온 가는 머리카락을 재차 쓸어 올리는 황 선생의 손이 부르르 떨렸다.

"아니, 뭡니까, 이게. 저는 황 선생님만 믿고 여기 온 건데……."

그동안 속아 왔다는 충격에서 헤어 나오지 못하는 사람들을 지켜보던 이세계 대표가 중얼거렸다. 그 말을 들은 도라미 씨가 제꺽 거들었다.

"저도요. 저도 황 선생님 추천으로 온 건데 정말 이럴 줄은 몰랐어요."

"공 사장, 뭐 하자는 건가. 내 체면이 말이 아니잖아. 도대체 어떻게 된 건지 말을 똑바로 해 보라고!"

황 선생의 언성이 점점 높아지더니 이내 고함으로 바뀌었다. 순식간에 노신사의 기품은 오간 데 없이 사라지고, 초라한 분노만이 허위허위 그 자리를 차지하고 있었다.

"안 그래도 오늘 다 말하려고 했지요. 오늘이 바로 여러분에게 헤븐을 제대로 소개하는 날이었는데……. 뭐, 변수는 언제든지 생기는 법이니까요."

사장이 태연자약하게 말했다. 타인을 속인 사람이 마땅히 느껴야 할 감정을 하나도 느끼지 못한 채 자꾸만 사람들을 속여 대는 사장의 행보가 그저 경악스러울 뿐이었다.

"우리는 미호 너를 믿었어. 왜 우릴 속인 거야?"

루 영의 황망한 목소리가 울려 퍼졌다.

"루, 그건 사실이 아니죠. 당신은 나를 믿은 적이 없어요. 내 장난이 재미없었던 적이 없다는 사실을 믿었을 뿐."

"이번엔 정말 재미없어."

"아니, 재미있을 거예요. 내가 얼마나 흥미로운 사업을 구상했는데요. 이번엔 여러분이 함께해 주실 거니까, 흥행은 그야말로 따 놓은 당상이죠."

"하아…… 이제 알겠군요."

이세계 대표가 앞에 나서며 말했다.

"사업을 크게 벌일 요량이시다? 투자를 하라는 거 아닙니까. 결국 목적은 돈이었군요?"

파람은 이세계 대표의 오만한 얼굴 위에 드리운 감정이 처음엔 경멸이라고 생각했다. 하지만 번뜩이는 눈빛 속에서 하릴없이 새어 나오는 저건……. 파람은 이내 알아보았다. 감출 수 없는 호기심, 우글우글 끓어오르는 흥미. 그것은 사장의 열차에 오를 수 있는 티켓이자 열차를 가속시키는 원동력인 욕망이었다.

"우리 돈이니 투자니 그런 식상한 말은 잠시 접어 두고, 지금부터 우리가 함께할 위대한 여정을 머릿속으로 그려 보는 건 어떨까요. 상상해 보세요. 우리가 가는 길마다 펼쳐질 화려한 쇼를, 그 무대 위에 선 여러분의 모습을요. 환호와 스포트라이트……."

최면을 걸듯 말하던 사장이 눈을 찡긋 감았다 뜨며 옜다 보너스 하는 느낌으로 덧붙였다.

"그리고 사방에서 굴러 들어올 쏠쏠한 출연료도요."

날 선 감정들로 요동치던 장내가 고요해졌다. 손님들의 얼굴에 골똘히 생각하는 표정이 떠올랐다. 사장이 열차의 경적을 울리자 티켓을 쥔 자들의 마음이 반응한 것이다.

"하지만 우린 이미 충분히 유명하다고. 게다가 여기 누가 돈을 그렇게 밝힌다고……."

애매한 정적을 깨고 흥정하듯 먼저 나선 사람은 루 영이었다.

"글쎄요. 현실에 안주하지 않고 더 높이 도약할 수 있는 기회를 몰라보는 분이 이 자리에 계실 것 같진 않은데요."

사장은 루 영을 비롯한 손님들의 욕망이 이렇게 훤히 들여다보이는데 무슨 소릴 하냐는 듯이 자신만만하게 말했다.

"우린, 배양육을 팔 겁니다. 최고의 배양육을요. 아시다시피 제 동생 공비수는 머리가 아주 비상한 아이예요. 저는 그런 비수를 위해 작은 성을 지어 주었지요. 연구하고 싶은 것을 마음껏 연구할 수 있는 비수만의 공간을 말이죠. 근데 글쎄 이 애가, 거기서 대단한 작품을 만들어 낸 거 아니겠어요? 여러분이 드시고 감탄해 마지않았던, 그 맛이 너무 대단한 나머지 위험을 감수하면서까지 다시 찾아오게 만들었던 배양육이었죠."

공비수……. 그래서 나한테 미안하다는 말을 한 거였어. 공미호와 한통속이니까. 그래도 얄팍한 죄책감 정도는 느낄 줄 아는 사람인가 보지. 물론 그렇다고 공비수가 웅얼거리듯 던졌던 사과를 받아들일 마음은 들지 않았다. 하지만 그렇다면 왜……. 풀리지 않는 의문 하나가 파람의 머릿속에서 더욱 커져 갔다.

"아니, 그 배양육이 대단한 건 알겠는데, 그 대단함에 깜빡 속아 넘어가서 더 화가 나는 거예요. 동업을 하자는 사람의 태도가 이렇게 뻔뻔해서야, 뭘 믿고 같이 일할 수 있겠어요?"

다소 누그러지긴 했지만 그래도 아직 분이 다 사그라들지 않은 목소리로 도라미 씨가 말했다.

"도라미 씨는 저와 인연이 닿은 지 얼마 되지 않아서 제 장난을 이해하지 못하실 수도 있어요. 하지만 이건 어디까지나 본격적인 사업에 앞서 선보인 쇼일 뿐이랍니다. 더 큰 일을 생각하셔야죠. 언제까지 동생이 혼자 승승장구하는 모습을 바라만 볼 건가요? 이 사업은 도라미 씨가 우뚝 설 수 있도록 해 줄 거예요. 확실히 성공할 거니까요."

흠칫, 도라미 씨가 흔들리는 것이 보였다. 사장은 지체 없이 다음 타깃으로 넘어갔다.

"황 선생님, 슬슬 은퇴를 준비하셔야 하지 않나요?"

사장이 황 선생을 향해 걸음을 옮기자 손님들의 시선이 사장을 따라 움직였다.

"떠밀리듯 은퇴하는 것도 서러운데 지루하기 짝이 없는 노후를 홀로 보내야 하다니. 분명 성에 안 차실 텐데. 그래서 제가 준비했잖아요. 각 분야의 내로라하는 인물들과 함께할 기회를요. 이제 선생님의 이력에 성공적인 사업가 한 줄을 더하게 될 거예요. 저로서도 황 선생님을 모실 수 있다면 영광이죠. 황 선생님의 고견은 영향력이 클 테니까요. 앞으로는 그 위상이 더욱더 높아져 아무도 넘볼 수 없는 정도가 될 테고요."

황 선생은 곰곰이 생각에 잠긴 듯 눈을 가라뜨고 헐거워진 나비넥타이 끝을 만지작거렸다. 사장은 클라이맥스를 향해 가는 배우처럼 몸을 돌려 제우스를 향했다.

"그동안 내가 벌인 일들의 끝이 안 좋은 적이 있었던가, 제우스?"

사장의 도발적인 어조에 제우스가 어깨를 으쓱하며 고개를 저어 보였다. 지금껏 탐식했던 대상이 배양육이었다는 사실에 황당함을 감추진 못했지만 다른 손님들처럼 격앙되어 보이진 않았다.

"앞으로 당신은 당신만의 목장을 가지는 거나 다름없어. 어떤 맛, 어떤 육질을 원하든 다 만들어 줄 테니까. 그리고 루."

사장은 루 영 쪽을 돌아봤다.

"영원 패밀리는 특별한 경험을 좋아하죠. 우리 사업은 아주 특별할 거예요."

그때 이세계 대표가 따지고 나섰다.

"도대체 어디가 특별하다는 겁니까? 배양육 시장은 이미 레드 오션이라고요."

"그만큼 큰 시장이죠. 우리 사업을 특별하게 해 줄 존재들은 여러분이고요."

"그게 무슨 말입니까?"

"이 자리에 계신 여러분 한 분 한 분이 이 사업의 주인공이라고요. 모두 무대를 사랑하는 분들이잖아요? 기꺼이 자신의 인생을 무대 위에 올릴 정도로요. 그러니 제 동생이 만든 멋진 작품을 들고 무대 위에 올라 여러분의 이야기를 사람들에게 들려주시면 되는 거죠."

사장의 짙고 긴 속눈썹이 천천히 깜박였다.

"사랑하는 사람에 대한 이야기……."

황 선생의 어깨가 흠칫거렸다. 사장은 나른한 표정으로 원하나 작가에게 시선을 옮겼다.

"어릴 적 추억에 대한 이야기……."

원하나 작가는 탠저린 옆을 떠나지 않고 말을 아끼는 모습이었지만 사장의 시선에 거북한 기색을 내비치진 않았다.

"아, 아이 입맛을 맞추려고 고생했던 이야기도 공감을 살 수 있겠죠."

사장은 루 영을 향해 눈을 찡긋거렸다.

"본연의 맛에 탐닉하는 모습 그 자체를 보여 주실 수도 있고."

제우스는 심드렁하게 팔짱을 끼고 있었지만 외려 그 무반응은 뭐든 더 따지고 들기 귀찮으니 웬만하면 따르리라는 의사를 표하는 듯했다.

"그렇게 들려주고, 보여 주는 거예요. 무대는 제가 세팅할 테니 걱정하실 필요 없고요. 맛이야 얼마나 완벽한지 그동안 헤븐의 손님들이 인정해 주셨으니, 이제 성공할 일밖에 남지 않았지요."

"투자자들에게 요구하는 게 많군요."

이세계 대표의 차가운 목소리가 사장을 향해 꽂혔다. 여전히 머릿속으로 계산기를 두드리고 있는 게 분명했다.

"그건 그래, 미호. 우리가 나서서 홍보까지 해야 한다면 꽤 번거롭긴 하지."

루 영이 원하나 작가의 눈치를 보며 입을 열었다.

"그렇지만 사업이 진행될수록 여러분의 이미지는 더욱 빛날 거예요. 여기 계신 한 분 한 분이 누구도 넘보지 못할 견고한 브랜드 가치를 지니게 될 거고요. 이거야말로 돈으로도 살 수 없는 가치가 아닌가요?"

사장은 손님들을 돌아보며 이어 말했다.

"저와 오래 봐 온 분들은 아시겠지만 전 돈 때문에 사업을 하는 게 아니랍니다. 아, 물론 돈이 싫은 건 아니지만요."

사장의 능청스러운 웃음에 손님들은 따라 웃어야 할지 말아야 할지 주저하는 눈치였다. 어정쩡하게 식은, 미끄덩거리고 덩이진 무엇이 공간을 가득 채우고 있는 듯한 분위기에 찬물을 확 부어버린 것은 탠저린의 날카로운 목소리였다.

"그럼 왜 이런 일을 꾸미는 건데요?"

원하나 작가와 루 영은 눈이 휘둥그레졌다. 딸이 먹은 고기가 사실 배양육이었다는 말에 마음을 놓긴 했으나 갑자기 팔팔해진 딸의 상태를 어떻게 받아들여야 할지 몰라 하는 표정이었다.

"돈이 아니면 도대체 뭐 때문이냐고요."

탠저린이 재차 쏘아붙이자 사장은 고개를 비딱거리며 입꼬리를 치올렸다.

"그야 내가 이런 일들을 꾸미는 데 재능이 있으니까요."

타인을 이용하는 재능도 재능이라 부를 수 있을까? 미친 듯이 폭주하여 아무도 따라잡지 못할 가공할 마력을 선보인다 해도…… 결국 그 에너지는 욕망이라는 미끼에 낚여 덫에 걸린 타인의 삶을 연료화한 것인데.

파람의 어깨에 힘이 들어갔다.

뛰어내리자.

이제 그만 뛰어내리자.

이 열차에선 뛰어내릴 수밖에 없는 요상한 냄새가 난다.

처음엔 사람들의 욕망을 그러모은 냄새라고 생각했지만……
진득하니 열차 곳곳에 배어 있는 냄새는 바로 사장이 풍기는 냄
새였다. 세상에 대한 환멸감을 무기 삼아 타인을 향해 가차 없이
휘두른 폭력의 냄새. 사장이 자신의 공허한 삶을 달래려 열차를
가속할수록 참을 수 없이 독한 악취가 풍겼다.

"당장 이 자리에서 결정하시라는 건 아니에요. 생각할 시간을
드려야죠."

사장이 마치 선심을 베풀듯 말했다.

"다만 전 인내심이 없는 편이라, 너무 오래 대답을 주지 않으시
면 기회는 다른 분들께 가게 될……."

"개뿔!"

개뿔?

자리에서 벌떡 일어나 속된 말을 뒤지른 사람은 탠저린이었다.
탠저린은 발갛게 상기된 얼굴로 삿대질을 하며 소리를 질렀다.

"다들 정신 차려요! 저 여잔 사기꾼이야!"

"속 안 좋은 건 좀 나았나 보네요."

사장은 싸늘한 표정으로 탠저린을 깔떠 보았다.

"낫기는 개코가 나아! 당신 때문에 더 뒤집어졌어!"

"이런, 누구 말투를 인상 깊게 보고 배웠나 본데."

사장의 스산한 시선이 파람에게 옮겨 왔다.

파람은…… 웃음을 참고 있었다. 탠저린의 입에서 그런 말이 나올 줄은 꿈에도 몰랐는데. 모처럼 신선한 자극이 파람의 뱃속을 간지럽혔다.

"하긴, 여러모로 배울 점이 많은 친구죠. 그동안 가장 고생한 우리 헤븐의 주인공……."

쇼가 끝났으니 커튼콜을 받을 시간인가. 파람은 사장의 공치사 따위를 들을 생각은 추호도 없었다. 이대로 막을 내리게 둘 생각도 없었다. 아직 무대 위에서 할 일이 남았으니까.

이 무대……. 그토록 낯설었던 공간이 더는 생경하지 않았다. 그렇다고 이곳에 속해 있다는 느낌도 들지 않았다. 헤븐에 온 이후로 쭉, 건널 수 없는 강처럼 놓인 자신과 그들 사이의 거리에 대해 생각하고 또 생각했다. 그 아득하고 불쾌한 거리감에 대해서.

강요된 거리. 그건 결코 파람이 원하는 것이 아니었다. 서로 간의 거리는 어느 한쪽이 일방적으로 못박아선 안 되는 거니까.

파람은 씩씩거리는 탠저린을 향해 단단한 미소를 지어 보였다. 그리고 사장을 향해 한 걸음 내디디며 말했다.

"그럼 이제 말해 봐요. 나는 왜 이런지."

아무도 궁금해하지 않은 주인공에 대한 질문을 던질 시간이었다.

박수갈채

텐저린이 생각하기에 이 상황에서 파람의 존재를 떠올릴 만한 사람은 단 한 명도 없었다. 자기 자신을 제외하고는 말이다.

텐저린은 망치로 뒤통수를 얻어맞은 듯한 얼굴로 파람을 바라보았다. 나는 달랐어야지. 공미호가 전부 배양육이었다고 말한 순간, 적어도 난 파람에 대해 생각했어야 하는데.

"다 배양육이었다면 나는 왜 이런 거예요?"

파람이 소매를 걷어 올린 양팔을 앞으로 내밀며 물었다. 공미호는 울긋불긋한 파람의 피부를 대수롭지 않은 듯 힐긋하며 말했다.

"간단해. 너는 금지육을 먹었으니까."

그것도 모르냐는 투였다.

"네 약점을 산다고 했잖아. 덕분에 즐거웠어. 금지된 고기를 들여오느라 고생한 보람이 느껴질 정도로. 우리의 쇼가 있어서 헤븐이 훨씬 생동감이 넘쳤달까, 뭐 그랬으니까."

짜릿하다는 듯이 속눈썹을 파르르 떨고 나서, 공미호는 회심의 미소를 지었다.

"아주 괜찮은 거래였어, 안 그래?"

탠저린은 믿을 수 없을 정도로 뻔뻔한 공미호의 태도에 부아가 치밀었다. 그런데 자신보다 훨씬 화를 내야 마땅한 파람은 외려 담담해 보였다.

"맞아요, 괜찮은 거래였어요."

탠저린은 의아한 표정으로 파람을 쳐다보았다. 파람의 까무께한 눈동자는 그 안에 바람 한 점 일지 않는 듯 단단하고 고요해 보였다. 무슨 말을 할지 정확히 알고 있는 사람의 눈이었다.

"그래서 말인데요, 더 괜찮은 거래를 제안하고 싶어요."

"네가? 나한테 제안을?"

거슬리는 말투였다. 탠저린은 파람이 무슨 생각인지는 몰라도 공미호의 자만심을 납작하게 눌러 주길 바랐다.

"네. 아마 처음이자 마지막 제안이겠죠."

입술을 일기죽거리는 공미호를 바라보는 파람의 눈동자가 머루알처럼 빛났다.

"제가 사장님의 사과를 사고 싶어요. 진심으로 하는 사과를요."

사과를 산다고? 파람의 말에 호기심이 발동한 사람은 탠저린뿐만이 아니었다. 자기 잇속 계산에 골몰해 있던 손님들이 하나둘 파람 쪽으로 귀를 기울였다.

"무슨 사과를 하라는 거지? 누구한테?"

"저한테, 그리고 여기 모두에게요."

잠시 침묵이 흘렀다. 공미호는 파람이 공미호 자신뿐 아니라 모든 손님들의 관심을 끄는 데 성공했다는 사실에 적잖이 당황한 것처럼 보였다.

"거래는 그렇게 하는 게 아닐 텐데. 그동안 아무것도 못 배웠구나."

공미호가 턱을 쳐들며 말했다.

"아니요. 정확히 배웠어요."

저 얼굴이야, 내가 좋아하는 파람의 얼굴.

"난 사장님의 사과를 사고, 사장님은 내게서 혜븐을 사는 거예요."

그때 황 선생이 어처구니없다는 듯 끼어들었다.

"당최 무슨 소리인지, 원. 공 사장이 왜 학생에게서 혜븐을 사야 하지?"

"애가 아무 말이나 하는 거 같은데 뭐 진지하게 듣고 그러세요, 황 선생님."

도라미 씨가 고개를 절레절레 흔들며 말했다. 도라미 씨의 말

본새는 영 못마땅했지만 탠저린 역시 파람의 말이 앞뒤가 안 맞는다는 생각을 떨칠 수 없었다. 좋든 싫든 헤븐은 공미호의 것이 아닌가.

"헤븐이 없어지면 더는 사장님이 가졌다 할 수 없죠."

"없어지다니?"

"내가 헤븐을 망하게 할 거니까요."

지금 내가 무슨 말을 들은 거지? 혹시 파람은 내 계획이 실패할 경우를 대비해 플랜 B를 세워 놓았던 걸까?

"사장님이 사과를 하지 않으면 지금 당장이요."

파람이 손에 쥔 휴대폰을 들어 보이자 공미호가 큰 소리로 웃음을 터뜨렸다. 손님들이 영문을 모른 채 멀뚱멀뚱 공미호를 바라보았다. 하지만 공미호는 다른 사람들은 안중에도 없다는 듯 눈앞의 파람에게만 집중하고 있었다.

지금 무대 위에는 상대를 맞찌른 채 서 있는 두 사람뿐이었다. 나머지는 다 관객이었다.

"신고를 하겠다는 거니? 앙큼한 생각을 잘도 했네. 그런데 어쩌지? 오늘 네가 먹은 그 고기가 마지막 남은 금지육이었는데."

신고 따위 해 봤자 아무 증거도 찾을 수 없을 거라는 엄포였다. 파람은 대수롭지 않다는 듯 뒷목을 긁으며 말했다.

"그건 상관없어요. 내가 증거니까요."

탠저린은 숨을 죽이고 파람의 입에서 나올 말들을 기다렸다. 파람이 무슨 말을 할지, 이제 정확히 감이 잡혔기 때문이다. 파람은 지금부터 내가 했던 말들을 이야기할 거야. 무참히 실패할 수도 있었을 내 계획, 아니 우리의 계획을.

"알레르기 반응이 사라지려면 아직 몇 시간 남았으니까, 지금 당장 병원에 가서 진찰받으면 돼요. 세계 최초 알레르기 반응을 일으켰던 내 병력에 십여 년 만에 재발한 병증까지 더해지면 얼마나 많은 관심을 받을지는 굳이 말 안 해도 아시겠죠."

순간 공미호의 얼굴에 나타났다 사라진 표정을 탠저린은 놓치지 않고 챙겨 보았다. 을크러지고 망가진 표정. 비록 찰나였지만 공미호 또한 흔들리고 무너져 내릴 수 있는 사람이라는 확신을 가지기엔 충분한 시간이었다.

"어떡할까요? 당장 응급차부터 부를까요?"

파람이 휴대폰을 들고 으름장을 놨다. 공미호는 말이 없었다. 파람은 낮게 한숨을 내쉬곤 휴대폰의 숫자 키패드를 누르기 시작했다.

"감히……"

공미호의 입에서 감히, 라는 두 글자가 튀어나왔다. 탠저린은 공미호가 이미 진 거나 다름없다고 확신했다. 항상 여유롭고 태연자약하던 공미호가 애써 자신을 높이 두는 말을 입에 담은 순간 게임은 끝난 것이다.

"그거 당장……!"

파람은 공미호의 위압적인 태도에도 눈 하나 깜짝하지 않고 통화 버튼을 눌렀다. 그리고 휴대폰을 귀에 바싹 댄 채로 다급한 목소리를 꾸며 내었다.

"여보세요? 환자가 발생해서 전화드렸는데요. 네, 네. 여기 식당인데, 아무래도 식품위생법을 위반한 가게 같아요. 벌써 두 명이나 쓰러졌어요. 빨리 와 주셔야 할 거 같아요. 아, 주소가……."

두 명! 하나가 아니고 둘이라는 건 탠저린을 포함한 수임이 분명했다. 파람은 지금 나와 함께하고 있어. 우린 한 팀인 거야.

"그만!"

황 선생이 테이블을 쾅 하고 내리치며 성을 냈다.

"공 사장, 이대로 놔둘 겁니까?"

"그러니까요. 일단 저 폰부터 뺏어야 하는 거 아니에요?"

도라미 씨가 발을 동동 구르며 제우스를 쳐다보았다. 무리 중에 가장 힘이 세 보이는 사람에게 도움을 요청한 것이다. 제우스는 인상을 찌푸리며 말했다.

"전 코트에서만 힘을 씁니다. 코트에서도 매너를 지키고요. 테니스 선수에게 매너는 생명입니다. 완력을 써서 남의 소지품을 뺏으라니, 심히 불쾌합니다만."

"그럼 어떻게 해요? 우리 다 같이 망할 게 뻔한데, 그냥 보고만 있어요?"

금방이라도 울음을 터뜨릴 듯이 얼굴을 찡그리며, 도라미 씨는 손님들을 휘둘러보았다.

"이런……. 망하긴 왜 망합니까? 우리가 금지육을 먹은 것도 아닌데."

탠저린은 눈을 동그랗게 뜨고 옆을 올려다보았다. 아빠는 턱을 문지르며 도라미 씨가 무슨 말을 하는지 도통 모르겠다는 듯이 천천히 눈을 깜박이고 있었다.

"그렇……죠. 우린 배양육을 먹었죠."

아빠의 말에 엄마가 맞장구를 쳤다. 그야말로 환상의 짝꿍, 영원토록 함께할 명불허전 영원 커플이었다.

"하아, 이런. 그럼 공 사장님만 난처하게 되겠군요."

이세계 대표가 유감이라는 듯 눈썹 끝을 떨궜다. 하지만 일이 어떻게 되든 발을 뺄 수 있겠다는 안도감에 씰룩이는 입꼬리는 숨기지 못했다.

공미호는 시종 파람을 노려볼 뿐 입을 열지 않았다. 그런데 그 눈빛이 좀 야릇했다. 어쩐지 상대를 제압하거나 쓰러뜨리고자 하는 투지가 아닌, 순수하게 발산되는 흥미 또는 호기심 같은 감정이 느껴졌다.

당신은 이 상황이 재밌어? 탠저린은 파람을 향한 공미호의 눈빛에 발끈하고 말았다.

"진짜 좀 작작해요, 다들⋯⋯."

다들 신물 나.

"왜 아무도 사과를 안 해요? 사과만 하면 된다는데, 왜 그것도 안 하려고 해요?"

왜 사과하는 어른이 한 명도 없냐고. 무슨 이런 호랑말코 같은 어른들이 다 있냐고.

"미안한 척이라도 좀 해 봐요."

공미호 당신 말이야. 그렇게 재밌다는 듯이 눈빛만 번쩍이지 말고 사과하는 시늉이라도 해 보란 말이야.

"미안하지 않은데 미안한 척하는 게 무슨 의미가 있지?"

공미호는 따분한 표정으로 탠저린의 말을 받아치고는 파람을 향해 말했다.

"난 하나도 미안하지 않아. 하지만 미안하다고 말할 순 있지. 정말 그걸 원하니?"

파람은 휴대폰을 손에 꼭 쥔 채로 선뜻 대꾸하지 못하고 공미호를 노려보았다. 탠저린은 내심 사과 따위 하지 않았으면 좋겠다는 생각도 들었다. 마지막 아량을 베풀었음에도 기회를 걷어찬 상대를 무너뜨리는 것만큼 속 시원한 게 있을까.

그때였다.

"미안합니다."

아무도 나설 거라 예상하지 못했던 한 사람, 내내 말없이 구석진 자리에 앉아 있던 공비수가 침통한 얼굴로 자리에서 일어났다.

"미안해요······. 내가 말릴 수 있었는데 그러지 않았어요."

테이블 위에 놓인 공비수의 손가락 끝이 모스부호를 치는 것처럼 불안하게 까닥거렸다.

"나는 오래전부터 배양육 연구에 뜻이 있었고, 나를 도와줄 사람은 누나밖에 없었거든요."

공비수는 공미호의 짓부릅뜬 눈을 피하며 말을 이었다.

"이 연구가 성공하면 분명 의미 있는 일들을 많이 할 수 있을 거라고 생각했어요. 그랬는데······."

"의미 있는 일이라고?"

이기죽거리는 탠저린을 향해 공비수가 힘없이 고개를 끄덕였다.

"세상의 모든 육식주의자들이 배양육을 먹는 날이 오는 것. 그게 제 꿈이니까요. 세계 곳곳에 배양육 만드는 기술을 공유하고 재원도 나누고······. 그렇게 인간의 욕망을 무해한 방식으로 풀어 나가는 세상을 꿈꿨는데······."

멈추지 않을 듯 까닥거리던 공비수의 손가락이 소리 없이 굳어 버렸다.

"그 꿈이 저에겐 정말 중요했어요. 그래서 그랬습니다. 그냥 눈감아 버렸어요. 누나만의 방식이 언제나 옳은 건 아니었지만……."

그러고 보니 공비수, 쇼를 할 때마다 자리를 비웠네? 오늘도 쇼가 시작되자마자 전화를 받으러 나가 한참 동안 들어오지 않았던 것 같은데. 탠저린은 공비수의 모순된 행동들을 어떻게 받아들여야 할지 평소처럼 재빠르게 판단할 수가 없었다.

공비수는 두 귀뿌리가 벌게진 채 눈을 질끈 내리감았다.

"……항상 성공했거든요. 누나가 늘 하는 말이 있죠. 모든 성공의 뒤편엔……."

"부수적 피해가 있다."

공미호가 담담하게 입을 열었다.

"맞아, 내가 그랬지."

공미호는 어느새 눈에서 힘을 빼고 다소 체념한 듯이 공비수를 바라보았다. 공비수가 여기서 무슨 짓을 더 한다 해도 이내 용서해 줄 것만 같은 느낌이었다. 공미호도 소중히 여기는 존재가 있다니, 새삼스러웠다.

"누나, 우리가 잘못했어. 일이 더 커지기 전에 사과부터 하자."

모직 재킷을 입은 공비수의 어깨가 미세하게 떨렸다. 만약 공미호가 공비수를 놓아 버린다면 공비수는 혼자 힘으로 연구를 해 나가야 할 터였다. 하지만 공비수의 태도를 보니 공비수는 공미호가 자신을 떠나지 않을 것을 알고 있는 듯했다. 탠저린은 공비수를 마지막 순간에 양심을 지킨 사람으로 봐야 할지 돌봐 준 사람을 결정적 순간에 배신한 사람으로 봐야 할지 헷갈렸다.

"하아…… 목적을 이루려면 어쩔 수 없이 해야 하는 일들이 있다고. 아무리 말해도 사람들은 그걸 이해 못 하지."

공미호는 넌더리가 난다는 듯이 이마를 짚으며 뇌까렸다.

"사장님한테는 어쩔 수 없이 해야 하는 일이 아니었잖아요?"

파람이었다.

공미호의 얼굴에 다시 생기가 돌았다. 공미호는 마치 자신을 알아주는 사람을 만난 것처럼 반색하며 떠들기 시작했다.

"물론 그랬지! 노파람, 노파람……. 난 너와 일하는 게 정말 좋았단다. 사실은 앞으로도 쭉 같이 일하려고 했어. 네 약점 말고도 다른 것들을 사려고 했지. 너한테 이것저것 가르쳐 주고 싶은 게 많아. 이제라도 너만 마음을 돌리면, 나와 비수, 모 실장님, 그리고 너……."

공미호가 과장스러운 몸짓으로 한 명 한 명을 향해 팔을 뻗었다. 시선을 떨구고 서 있는 공비수와 달리 모 실장은 알 수 없는 표정으로 파람을 바라보고 있었다. 오래된 가구처럼 그 자리를 지킬 것처럼 보이면서도 느닷없이 파람을 향해 성큼 다가갈 수도 있을 것 같은 묘한 분위기가 느껴졌다.

"이렇게 우리 넷, 정말이지 환상의 팀이 될 수 있을 거야. 너만 마음을 돌린다면……."

탠저린은 그제야 공미호가 어떻게 그렇게 헤븐에 모인 사람들의 마음을 쥐락펴락할 수 있었는지 깨달았다. 공미호에게 우리 같은 사람들을 다루는 일은 식은 죽 먹기였겠지. 그 누구보다 무대를 사랑하는 공미호에게, 우리는 거울을 들여다보듯 훤히 읽히는 상대였을 테니까.

"그건 사과가 아니에요."

파람은 공미호가 내민 손을 빤히 쳐다보다가 단호하게 고개를 저었다. 공미호는 열없이 팔을 거두고는 물었다.

"이게 내가 할 수 있는 최선의 사과야. 도대체 넌 어떤 사과를 원하는 거니?"

파람이 한숨을 내쉬며 말했다.

"이럴 줄 알았어요. 사과를 사고팔 수 있을 리 없지. 그래도 한 번은 배운 대로 해 보고 싶었는데 역시 안 되나 봐요. 사과는 거래가 아니잖아요."

탠저린은 혼잣속으로 감탄했다. 처음부터 이럴 생각이었구나.

파람은 공미호가 결코 진심으로 사과할 리 없다고 생각한 거야.

"어떻게 사과를 할지는 사과하는 사람이 알아내야죠. 사과를 받아들일지 말지 결정하는 게, 내 몫이고요."

공미호가 양미간을 찌푸렸다.

"사장님, 이제 다 끝났어요."

공미호의 목선이 바르르 떨렸다. 이번엔 탠저린뿐 아니라 다른 이들의 눈에도 선명히 보일 만큼 으스러지고 일그러진 감정의 파편들이 공미호의 얼굴 위로 흩뿌려졌다.

파람은 천천히 휴대폰을 들어 올리고는 다시 통화를 시작했다.

"아, 기다리게 해서 죄송해요. 여기 주소가……."

파람이 주소를 부르자마자 장내가 순식간에 어수선해졌다. 도라미 씨조차 더는 가타부타 떠들어 대지 않고 소지품을 챙기기 시작했다. 공미호의 말을 가장 잘 따를 것처럼 보이던 제우스도 어느새 외투를 찾아 걸치고 있었다.

"일단 여기서 나가자."

탠저린의 등을 떠밀며 엄마가 말했다. 탠저린이 꼼짝도 안 하자 보다 못한 엄마가 모든 손님들이 은밀하고도 다급히 공유하는 생각을 입 밖으로 꺼낸 것이다. 일단 자리를 모면하자고, 어떻게 될지 모르지만 지금은 피하고 보자고.

"나는……."

나는 남아야 해. 파람이 두 명이라고 했단 말이야. 쓰러진 사람이 두 명이라고 했다고.

"탠저린 영! 얼른 나가야 한다니까."

탠저린은 엄마의 독촉을 흘려들으며 파람의 시선을 쫓았다.

"애 좀 일으켜 봐."

아빠가 엄마 말대로 탠저린의 팔을 잡아끌었다.

"아니, 나⋯⋯."

그때 파람의 시선이 탠저린에게 닿았다. 그리고 아빠가 이끄는 대로 반쯤 일어서 있는 탠저린을 향해 고개를 끄덕여 보이는 것으로 인사를 건넸다. 지금까지 모두 혼자 해 왔으니 마무리도 혼자 하겠다는 듯이.

파람은 작별 인사를 할 용기조차 내지 못하는 탠저린을 대신해 무대의 막을 내려 주었다.

그렇게, 한바탕 쇼가 끝났다.

극장 밖 거친 눈발이 박수갈채처럼 쏟아졌다.

황 선생은 머플러와 장갑도 놔둔 채 헐레벌떡 뛰쳐나갔고, 도라미 씨는 입구 계단에서 미끄러져 넘어져 제우스가 부축해야 했으며, 이세계 대표는 값비싼 이탈리아산 스포츠카를 몰고 와 당당당 울리는 배기음과 함께 꽁지가 빠져라 사라져 버렸다.

그런 우스꽝스러운 광경들을 보고 있자니 정말로 쇼가 끝났구나 싶어 웃음이 터졌다. 하지만 웃으면 웃을수록 웃음의 갈퀴가 커져서 가슴속을 우빗우빗 파내는 듯 아파 왔다.

"탠저린, 왜 그래? 정신 차려."

아빠가 탠저린을 차 안으로 구겨 넣으며 혀를 찼다.

탠저린은 차창 밖을 쳐다보았다. 눈길 위로 차가 움직이자 층 층 케이크 같은 헤븐 건물이 회뚝회뚝 흔들렸다. 잦아든 웃음 뒤로 혓바닥에 익숙한 거친 맛이 느껴졌다.

떫은맛.

떫디떫은 맛.

손바닥으로 얼굴을 감쌌다. 믿을 수가 없었다.

혼비백산하여 관객석을 떠나는 이들 중에 내가 속해 있을 줄 이야.

"탠저린, 우는 거야, 웃는 거야?"

아주 적절한 질문이었다.

눈 바 람

"제가 다 망쳐 버렸다고 생각하세요?"

공비수가 묻는 말에 고진은 아무 대답도 하지 않았다. 공비수
도 뭔가를 바라고 묻는 것 같아 보이지는 않았다. 헤븐의 마당엔
겨울의 끝을 달리는 바람이 마지막 속력을 올리고 있었다. 고진
은 어깨에 두른 두툼한 숄을 추어올리며 공비수를 훑어보았다.
도대체 어떻게 이 날씨에 자전거를 타고 달려왔는지 놀라울 정
도로 수척하고 파리한 모습이었다.

"오늘도 만나 주진 않겠죠?"

"아마도. 아직은요."

사장은 자신의 사무실에 처박혀 두문불출하고 있었다. 사장이
무슨 생각을 하고 있는지 고진은 알 도리가 없었다.

"오늘 못 뵙더라도 차 한잔하고 가요. 몸을 좀 녹여야지 그대로
돌아가다간 쓰러지겠네."

고진이 자신의 건조한 손을 비수의 어깨에 올리며 말했다. 비

수는 문득 할 말이 떠오른 듯한 얼굴로 고진을 바라보았다.

"웃기죠."

비수의 눈빛이 한겨울 제 기운을 다 소진한 강물처럼 물결쳤
다.

"내내 그 질문이 생각나더라고요. 저번에 탠저린이 물었거든
요. 그때 베이비시터한테 갑자기 못 올 사정이 생겼던 게 맞냐
고."

고진은 비수가 무슨 말을 하는지 알 수 없었다. 하지만 이번
에도 비수는 고진이 뭔가 알 거라 생각하고 말하는 것 같진 않
아 보였다.

"그땐 대답을 못 했죠. 대답을 할 수가 없었어요."

"지금은 대답할 수 있나요?"

"물어봐 주실래요?"

잠깐 장단 좀 맞춰 줘서 나쁠 거 없지. 고진은 자세를 꼿꼿이
고쳐 잡고 물었다.

"그러죠. 그럼…… 베이비시터한테 정말로 사정이 있었나요?"

"……아니요."

비수가 낮은 목소리로 답했다.

고진은 가만히 비수를 응시했다. 뭔가 아주 중요한 대답을 해
낸 듯한 표정 뒤로 비수의 자조 섞인 미소가 이어졌다.

"제 쓸모를, 누나는 꽤 오래전부터 특별하게 여기고 있었던 거 겠죠?"

목소리에서 쓴맛이 느껴졌다.

"하긴, 나한테도 누나는 특별하기 그지없는 존재니까."

고진은 사장과 공비수의 관계에 대해 잘 알지는 못했다. 하지만 사장이 공비수를 오직 이용하기 위해 보살핀 것은 아니라 확신했다. 잠시 망설이던 고진은 가볍게 한숨을 내쉬며 입을 열었다.

"그거 알아요? 사장님 사무실엔 더덜없이 꼭 필요한 집기만 있는 거."

"네?"

비수가 의아한 표정으로 고진을 쳐다보았다.

"사장님은 절대 사무실 가구나 물건의 위치를 바꾸지 않아요. 볼펜 하나까지, 언제나 같은 자리에 있죠."

사장은 타인을 보살피는 데 관심이 없는 사람이었다. 그런 사람이 오직 단 한 사람에게만큼은······.

"그건 바로 만사를 잘 기억하고 잊는 걸 힘들어하는 동생을 위해서죠. 최대한 쓸데없는 정보를 받아들이지 않도록, 항상 주변을 깔끔하게 유지해야 한다고 하셨어요. 그래서 생각했죠. 며칠에 한 번 드나드는 사람을 위해 자신의 일상을 이렇게 철저히

관리할 정도라면, 그동안 함께하면서 어떻게 지내 온 걸까……."

"그건……."

공비수의 얼굴에 복잡한 감정이 휘몰아쳤다. 의구심, 부끄러움, 미안함 같은 것들.

"누나가 언제나 저를 과할 정도로 살뜰히 보살펴 준 건 맞아요. 그 점은 저도 진심으로 고마워하고 있어요. 하지만 그 덕에 전 누나에게 의지해야만 살아 낼 수 있는 사람이 되어 버렸어요. 보세요. 지금도 여전히, 떠나지 못하고 있잖아요."

떠나고 싶은데 떠나지 못하는 걸까. 아니, 공비수는 남고 싶어 한다. 사랑하고 미워하면서 곁을 지키고 싶어 한다. 결국 공비수가 원하는 것은 적당한 명분이 아닐까. 이상한 방식으로라도 얽혀 있고 싶어서 자꾸만 그럴듯한 명분을 찾아 헤매는 것이 아닐까.

"이런 거 다 핑계일까요? 제 못난 부분을 누나 탓으로 돌리는 걸까요? 제가 고마움을 모르는 걸까요?"

사실 고진은 사장이 어떤 마음으로 공비수를 대하든 공비수가 부채감을 가질 필요는 없다고 생각했다. 하지만 그런 말을 입밖으로 꺼내진 않았다. 공비수에겐 타인의 말보다 본인만의 시간이 더 필요할 테니까.

"참…… 간단하지가 않죠, 사람 사이라는 게."

고진은 다시 한번 숄을 들썩거려 목을 감싸고 한 걸음 뒤로 물러났다. 말을 너무 많이 했군. 쓸데없이 말이야.

비수는 고개를 떨구고 건물 입구의 계단을 올랐다. 어깨가 축 처진 뒷모습을 보는데 고진은 그제야 자신이 왜 평소와 다르게 입방정을 떨었는지 알게 되었다. 어쩐지 안쓰러운 어깨. 고진은 파람의 마르고 다부진 손을 떠올렸다. 그 손을 볼 때마다 잡아 주고 싶었던 적이 한두 번이 아니었지만.

언제든지 놓아 버릴 수 있는, 언제 어떻게 놓아 버릴지 모를 손이었다. 그래서 고진은 파람을 대할 때 줄곧 애매한 태도를 유지했다. 아이든 아이의 엄마든, 자신에게 뭔가 더 바라도록 만들고 싶지 않았다.

고진은 자신의 육촌 동생, 모란을 언제나 안타깝게 생각했다. 비록 어리석고 조심성 없고 주책없긴 해도 타고난 성품은 나쁘지 않았는데. 나이를 먹으며 인심마저 잃고 사니 문제였다. 하지만 파람은 달라 보였다. 기회를 잡을 줄 아는 아이 같았다.

잘만 하면 약속된 페이뿐 아니라 기대 이상의 보너스까지 챙길 수 있을 거야. 공미호는 사장이라면 응당 지켜야 할 약속을 확실히 지켜 내는 사람이니까. 그 나이에 이렇게 큰돈을 벌 수 있는 기회는 흔치 않지. 더군다나 란이 같은 엄마를 두었다면 쌈짓돈의 중요성은 말해 봤자 입만 아플 뿐이고. 소중한 기회를 주었으니, 알아서 잘 써먹길 바란다.

평생 모호한 윤리적 기준과 쓸데없이 정을 주지 않는 단단한 마음을 방패 삼아 살아온 고진으로선 꽤 관용을 베푼 축에 속했다. 직접 데리고 왔으니 돌아가는 길 또한 끝까지 책임지고 잘 데려다주리라 다짐도 한 터였다.

하지만 고진은 그러지 못했다.

그날, 마지막 쇼가 끝나고 손님들이 모두 떠난 휑뎅그렁한 헤븐에서 파람을 싣고 떠난 차는 고진의 차도 아니고 응급차도 아닌, 폐차장에서 막 집어 올린 것 같은 빨간색 고물 소형차였다. 헤븐을 향해 눈바람을 일으키며 맹렬한 기세로 달려온 작은 고물차.

고진은 의연한 척 버티던 파람의 어깨가 흔들리는 모습, 그 차를 향해 두 팔을 벌리고 뛰어가는 모습을 말없이 지켜보았다. 그리고 그 뒷모습을 향해 마지막 인사조차 건넬 수 없는 자신의 초라한 마음을 부끄러워하였다.

아무도 열차에서 내리지 않았다

"지구상의 모든 육식주의자들이 무해한 육식주의자가 되는 그 날을 위해 헤븐이 특별한 프로젝트를 준비했어요. 아직 배양육 기술을 확충하지 못했거나 자본이 부족한 지역에 도움의 손길을 내미는 프로젝트인데요. 동참하는 분들이 많아질수록 이 세상에 무해한 육식 지구가 더 많이 생겨날 거예요."

싱크대를 닦던 파람은 잠시 하던 일을 멈추고 귀를 기울였다. TV 쇼핑 채널에 나와 당찬 목소리로 헤븐을 소개하는 사람은 탠저린이었다. 얼마 전에는 황 선생이 토크쇼에서 한참 광고하더니, 이번엔 탠저린 순서인가 보았다.

다들 열심이었다. 루 영은 하루가 멀다 하고 SNS에 헤븐 상품 소개를 올렸고, 도라미 씨는 무해함을 강조한 헤븐 브랜드 광고에서 특유의 청아한 음색을 뽐냈다. 제우스를 모델로 원하나 작가가 촬영한, 보기만 해도 건강해질 것 같은 배양육 광고 사진들을 유동 인구가 많은 지하철역에서 보는 건 어렵지 않은 일이었다. 어디로 고개를 돌려도 헤븐 광고가 보이게 만든 힘은 이세계 대표로부터 나왔으리라. 그리고 그 모든 판을 짜고 조종하는 사람은 보나 마나 공미호일 터였다.

"그러니까, 헤븐의 배양육을 구입하시는 순간 여러분은 자동으로 무해한 육식 지구 만들기 프로젝트에 참여하게 되시는 거죠!"

반듯한 차림새의 진행자가 고급스럽게 포장된 배양육 박스를 들고 카메라를 향해 고조된 목소리로 말했다.

"맞아요. 단 한 팩만 구입하셔도 참여하실 수 있어요."

"지구를 위한 일이죠."

"지구를 위한 일이고, 동물을 위한 일이고, 사람을 위한 일이죠. 결국 우리 존재를 무해하게 만드는 일이니까요."

무해? 싱크대에 고인 물기를 닦아 내는 파람의 머릿속이 복잡해졌다. 온갖 욕망을 싣고 달리는 공미호의 열차가 과연 무해할 수 있을까. 욕망 자체가 무해하다면 몰라도. 그런데 무해한 욕망이라는 게 가능하긴 한 걸까.

화면 하단에 A세트 마감 임박이라는 글자가 커다랗게 깜박였다. 진행자가 흥분하여 외쳤다.

"역시 A세트가 인기네요! 헤븐의 배양육 중 최고급 등급만 엄선해서 구성한 세트죠. 옛날 그 맛 그대로라고, 아주 호평이 자자하잖아요."

탠저린이 말간 얼굴을 빛내며 고개를 끄덕였다. 진행자는 바로 다음 말을 이어 나갔다.

　"A세트 구입하지 못하신 분들은 서두르셔야 할 거 같아요. B세트, C세트도 얼마 남지 않았다고 하네요. 이러다 오늘 방송이 빨리 끝날지도 모르겠어요. 모처럼 탠저린 씨를 모셨는데 말이죠."

　"아쉬워해야 할지 기뻐해야 할지 모르겠어요."

　누가 봐도 기쁜 표정인데. 파람은 달뜬 마음을 잘 숨기지 못하던 탠저린의 모습이 떠올라 피식 웃음이 나왔다.

　"남은 시간이 얼마 없을 거 같으니, 시청자 여러분이 궁금해하시는 점들을 바로 여쭤볼게요. 먼저, 이건 저도 궁금했었는데요. 탠저린 씨는 처음에 어떻게 이 프로젝트에 관심을 가지게 되었나요?"

　"부모님이 원래 이쪽에 관심이 많으셔서, 저도 자연스럽게 따르게 됐어요. 지금은 이 일이 얼마나 중요한 일인지, 얼마나 의미 있는 일인지 깨닫고 적극적으로 참여하고 있죠."

　"역시 영원 패밀리답네요. 부모님의 영향이었군요."

　진행자가 다소 과장되게 감명받은 듯 연기하자 탠저린은 몸을 살긋이 기울이며 쑥스러운 척 호흡을 맞췄다.

　"그럼 다음 질문을 해 볼까요. 이것도 꼭 짚고 넘어가야겠죠. 헤븐의 배양육은 다른 배양육과 어떤 점이 다를까요?"

탠저린은 곰곰이 생각하는 듯하다가 생긋 웃으며 대답했다.

"글쎄요. 특별히 다른 점은 없어요."

잠시 어색한 침묵이 생겼다. 쇼핑 채널에서 흔히 볼 수 없는 부자연스러운 공백이었다. 파람은 자기도 모르게 고무장갑을 낀 채 화면 앞으로 향했다.

"아……. 그래도 뭔가 다른 게 있지 않을까요? 육질이 더 부드럽다거나, 풍미가 더 뛰어나다거나……."

당황한 와중에도 능란하게 대답을 유도하는 진행자 덕분에 방송 사고처럼 보이진 않았다. 탠저린의 태도가 너무도 태연해서 다 짜여진 각본처럼 보일 정도였다.

탠저린은 눈을 내리뜨고 두어 번 숨을 고르고는 입을 열었다.

"제 생각에는요."

때마침 카메라가 탠저린의 얼굴을 클로즈업했다. 화면 아래에는 B세트 마감 임박이라는 자막이 파랗게 깜박이고 있었다.

"다르지 않다는 걸 인정하는 것부터가 시작인 거 같아요."

"네?"

다시 짧은 정적이 흘렀다. 파람은 아예 TV 앞에 자리를 잡고 앉아 탠저린의 얼굴을 들여다보았다. 그리고 자신은 그들과 다르다고, 그들처럼 될 수 없다고 외치던 탠저린의 얼굴을 떠올렸다. 같지만 다른 얼굴, 다르지만 같은 얼굴이었다.

"그러니까⋯⋯ 시작은 다르지 않았다는 말씀이시죠? 혜븐은 바로 거기서부터 출발했군요. 그래서 이렇게, 무해한 육식 지구 만들기 프로젝트도 진행하고, 남들과 사뭇 다른 길을 걷고 있 나 보네요."

진행자의 진행 솜씨도 보통은 아니었다. 덕분에 탠저린의 아리 송한 대답은 그럭저럭 넘어가는 듯했다.

그때 탠저린이 웃음을 터뜨리며 말했다.

"맞아요. 어떻게 저보다 잘 아세요? 거기서부터 다시 시작하기 로 했어요. 나도 다를 바 없다는 걸 깨닫고 나서야 비로소 진짜 로 달라질 수 있거든요."

탠저린의 해맑은 웃음 뒤로 진행자의 어색한 웃음이 따라붙었 다. 진행자는 행여나 탠저린이 또 이상한 말을 할까 봐 긴장한 듯 보였지만 탠저린은 개의치 않고 말을 이었다.

"사실 나도 별반 다르지 않다는 걸 받아들이는 일은 생각보다 굉장히 힘들어요. 하지만 일단 받아들이고 나면, 그때부턴 앞으 로 어떻게 달라져야 할지 계획을 세울 수 있죠."

"계획이요?"

"네! 저 혼자서는 실행할 수 없는, 끝내주는 계획이요. 동지가 있어야만 할 수 있는, 그런⋯⋯."

탠저린, 넌 정말이지⋯⋯. 파람은 입을 다물지 못하고 화면을 뚫어져라 응시했다.

넌 하나도 변하지 않았구나.

넌 한 번도 물러선 적이 없었던 거야.

"동지라는 표현은 특이하네요. 우리 무해한 육식 지구 만들기 프로젝트에 참여해 주시는 모든 분들을 뜻하는 말이겠죠?"

진행자가 다소 체념한 듯한 말투로 또 한 번 상황을 수습했다. 그러자 탠저린이 장난스러운 표정으로 호응했다.

"그럼요. 세상을 바꿀 결의를 나눌 정도라면 동지라 부름이 마땅하죠."

언젠가 들어 본 적 있는 말투였다.

반들반들 빛나는 양 볼에 미소를 머금고, 탠저린이 천천히 카메라를 향해 시선을 돌렸다. 투명한 눈동자가 파람을 향했다. 이제 서로 다른 길을 향하는 옛 동지의 시선이 긴 꼬리를 단 햇살처럼 와 닿았다. 마치 그날 못다 한 인사를 전하는 것 같은 눈빛이었다.

뭐, 잘 지내고 있나 보네. 파람은 으쌰 하고 자리에서 일어나 고무장갑에서 떨어진 바닥의 물기를 양말로 쓱쓱 훔쳤다.

"뭐 좋은 일 있어?"

늦잠을 잔 엄마가 거실로 나오더니 하품을 하며 물었다.

"좋은 일은 무슨."

그렇게 말하면서도 자꾸만 배시시 웃음이 나왔다.

무언가를 믿고, 기대하는 사람의 얼굴을 하고서 파람은 생각했다. 아무도 열차에서 내리지 않았지만 열차가 달리는 방향은 바뀔지도 모르겠다고. 끝내 바뀔 거라고.

아마 공미호는 꿈에도 모를 것이다.

∞

"주말인데, 우리 드라이브나 다녀올까?"

엄마가 기지개를 켜며 물었다.

"그럴 새가 어딨어? 할 일이 얼마나 많은데."

이제 막 싱크대 청소를 마친 파람이 툴툴거렸다.

"엄마는 욕실 청소 좀 하라니까. 내가 부엌 정리 다 했잖아."

"아직 깨끗한데 뭐."

소파에 벌러덩 드러누운 엄마가 다시 떼를 쓰듯 말했다.

"그러지 말고, 한 바퀴만 돌고 오자, 응?"

파람은 못 말린다는 표정으로 엄마를 쳐다보았다. 파람을 헤븐에서 데리고 온 날 이후로 엄마는 새벽이든 늦은 밤이든 차를 몰고 같이 나가지 못해 안달이었다.

"다녀와서 청소할게. 반짝반짝 광나게 할게, 응?"

아르바이트를 그만두던 날, 파람이 안전신고센터가 아닌 엄마에게 전화를 건 것은 미리 계획하고 한 행동이 아니었다. 저절로 손이 그렇게 움직였고, 자초지종을 설명하지도 못한 채 연기를 했다.

"그럼 딱 한 바퀴만 돌고 오는 거야. 저번처럼 또 기분 낸다고 갑자기 고속도로 타지 말고."

엄마 목소리가 들리는 순간 이상하게 마음이 놓였다. 분명 데리러 올 거라는, 지체 없이 달려올 거라는 믿음 앞에선 경계심도 경보기도 필요 없었다. 더는 뾰족해질 필요 없는, 순하디순하고 연하디연한 마음.

그 마음엔 힘이 있었다. 벅차오르는 무엇이 있었다. 마침내 엄마가 눈앞에 나타났을 때 복받친 감정을 그대로 터뜨려 와락 안겨 버리며, 파람은 생각했다.

믿는 마음이 약점일 리가 없다고.

"안 그래, 안 그래. 나도 내일 출근해야 하는데."

엄마가 검지손가락에 키 링을 끼고 빙빙 돌리며 씩 웃었다.

"흐응…… 그래도 첫 출근은 좀 떨리나 봐?"

"그럼. 여기 괜찮은 공장이란 말이야. 그러니까 드라이브하면서 엄마 힘 좀 실어 줘."

"내가 어떻게."

"그냥 옆에 앉아 있으면 돼. 그럼 뭐랄까, 자신감이 생기거든."

"자신감?"

"그런 게 있어."

쑥스러운 듯 말을 얼버무리는 엄마를 보고 있자니 기분이 묘했다. 만사 되는 일 없어도 매번 덜컥 덤벼들던, 자신감만큼은 차고 넘치던 엄마였는데. 이번 일은 정말 잘해 내고 싶은가 보네. 파람은 엄마의 변화를 모른 척하고 툴툴댔다.

"뭐야, 말을 해 줘야 알지."

"으이구, 꼭 말을 해야 아냐?"

엄마가 파람의 머리카락을 흐트러뜨리며 웃었다.

"이제 다 컸나 했더니 크기는 개뿔, 아직도 이렇게 애 같은데."

"다 엄마 닮아서 그렇겠지."

닮았다는 말. 이제는 편히 할 수 있는 말이었다. 어딘가는 꼭 닮고 어딘가는 꼭 다른 모습으로 엄마를 맞보는 일이 더는 버겁지 않았으니까.

엄마는 무슨 말을 하려다 말고 몸을 돌려 현관에 앉았다. 운동화 끈을 매는 손동작이 어쩐지 더디게 느껴졌다.

"있잖아."

엄마의 등이 가볍게 들썩였다.

"다음에 또 떠나고 싶을 땐 얘기해. 그땐 엄마가 바래다줄게."

여전히 못 미더운 데가 있었지만, 상관없었다. 엄마의 약속이야말로 파람과 엄마 사이의 거리를 확실히 지켜 주는 안전망이었으니까. 서로의 엉성함으로부터 멀찌가니 물러선 듯하다가도 서로를 지켜 내야 할 땐 한달음에 달려올 수 있는 다정한 거리. 그 거리감 때문에 엄마가 더욱 가깝게 느껴졌다.

파람은 가만히 고개를 끄덕였다. 엄마의 말을 들으니 이제는 정말로 떠날 수 있을 것만 같은 기분이 들었다.

그 기분이 나쁘지 않았다.

작가의 말

이 소설을 쓰는 내내 '떠남'과 '방향 전환'에 대해 생각했다. 어떻게 하면 적당한 거리를 두고, 안전하게 독립하고, 씩씩하게 자유로울 수 있을까. 그렇게 오롯한 개인이 되어 타인과 손을 잡고 세상을 바꾸게 되는 그림을 줄곧 머릿속에 그려 왔다. 실력이 부족해 다 표현하지 못한 부분이 있겠지만 독자님들이 그리는 미래엔 이보다 더 큰 그림이 함께했으면 좋겠다.

세상일이 다 그렇듯 갑자기 마법의 열쇠 하나가 짠 하고 나타나모든 문제를 해결해 줄 리는 없을 것이다. 당연히 배양육 역시 마법의 열쇠가 아니다. 만약 그런 게 있다면 그건 이 책을 읽는 (혹은 읽지 않는) 여러분의 손에 쥐어져 있을 것이다. 여러분이야말로 끝내 열차의 방향을 바꾸고야 말 주인공들이니까.

작년 이맘때쯤 갑작스레 몸이 아팠다. 사계절이 지나 다시 겨울을 맞이하게 되었고, 이제 많이 호전되어 마침내 오래 붙들고 있던 책도 출간하게 되었으니 그저 매사에, 그리고 모두에게 감사할 뿐이다. 의욕만 앞선 초고를 너그러운 눈으로 보아 준 문학동네 편집부, 특히 이 글의 가능성을 믿고 지난한 퇴고의 시간 동안 곁에서 힘이 되어 준 곽수빈 편집자님 감사합니다! 번번이 흐트러질 뻔했던 집중력을 추스를 수 있었던 건 다 편집자님(의 당근과 채찍) 덕분이다. 까다로운 입맛과 식재료에 대한 관심을 물려주신 부모님께도 내가 우리의 닮음을 얼마나 애틋이 여기는지 전하고 싶다. 그리고 지난 일 년 동안 단단히 내 손을 잡아 주었던 나의 동지이자 친구이자 남편인 당신, 고맙고 사랑해요. 건강을 잃고 모든 욕망이 사라지고도 끝까지 마음속에 남아 있는 단 하나의 욕망은 역시 사랑이었다.

올겨울, 부디 우리가 올라탄 열차가 사랑이란 연료로 달릴 수 있기를 바란다.

2022년 12월
믿는 마음을 다잡으며,
허진희